KB119833

그러든지 말든지 휘둘리지 않는 단단한 심리학

그러든지 말든지   휘둘리지 않는   단단한 심리학

어른의 태도

신재현 지음

위즈덤하우스

"좀 어른답게 굴어."

세상은 우리에게 어른이 되라고 가르칩니다. 어른답게 생각하고, 어른스럽게 행동하라고요. 하지만 지금 당신의 삶은 어떤가요? 우리를 둘러싼 세상일은 항상 복잡하고 어려워 스스로가 늘 미숙하고 서툰 존재처럼 여겨집니다. 어른이 어른다워야 한다는 사회, 그 안의 나는 어른도, 아이도 아닌 모호한 경계에 놓인 것만 같아요.

이십 대 초반의 일이었습니다. 한 친구와 이야기 끝에 '우리가 진짜 어른인가'를 놓고 유치한 말다툼을 했던 적이 있습니다. 성인이 되었으니 이제 어른이 아니냐는 제 말에 친구는 나이를 먹었다고 다 성숙한 것은 아니라고 대꾸했어요. 지금 생각하면 친구의 말이 너무도 당연하지만 그때는 받아들이기 어려웠습니다. 숨기고 싶었던 제 미숙함을 들킨 것만 같았으니까요.

사람들은 청소년과 성인의 경계를 지나며 더 넓은 세상으로 나오게 됩니다. 자연스러운 과정이지만 그 과정이 유쾌하지만은 않습니다. 아직 준비되지 않았는데 보이지 않는 압력에 등 떠밀려 나온 듯 불안하기까지 하고요. 좁은 강줄기에서 넓은 대양으로 던져질 때, 그 길목은 누구에게나 두려울 수밖에요. 넓은 세상에서 겪게 되는 성장통이 우리를 더욱 위축되게 하고, 그 뒤에 선물처럼 찾아올 성장은 멀어만 보입니다.

우리 주위는 어른답게 생각하고 행동하라는 조언으로 가득하지만 정작 '어른의 태도'에 대한 지침은 모호합니다. 특히 마음에 대해서는 더 가혹합니다. 어른이라면 마음이 흔들려도 응당 참아야 하며 그것이 당연하다고 여깁니다. 또 참고 누

를 줄 알아야 성숙한 사람이라고도 합니다. 속은 곪아가는 데
도요.

이 책은 '매 순간 흔들리는 삶에서 성숙한 어른의 마음가짐
은 과연 무엇일까?'라는 작은 고민에서 시작되었습니다. 막
막하고 불안한 마음이 우리를 흔들 때, 삶의 파도가 우리를
집어삼키려 할 때 어떤 태도로 이 순간을 견뎌나가야 하는 것
일까요?

책 전반을 관통하는 두 가지의 키워드는 '알아차림'과 '받
아들임'입니다. 우리는 살아가면서 삶에 어떤 일도 일어날 수
있음을 알게 되며 그것이 무엇이든 결국 스쳐 지나간다는 이
치를 몸소 경험하게 됩니다. 어쩌면 어른의 성숙함이란 눈앞
에 뜨겁게 타오르는 문제를 조금은 거리를 두고 관조하며 이
를 삶에 통합해가는 태도가 아닐까 하는 생각도 해봅니다. 그
과정을 통해 인생의 어두운 터널을 겨우 통과하고 나서야 비
로소 삶에 대한 윤곽을 조금이나마 그리게 되는 듯합니다.
'아, 그때는 그래서 그랬었구나' 하고요. 이는 인간이라면 누
구나 예외 없이 하는 경험입니다. 그리고 결국에는 '힘겹게 지

나가는 이 순간마저 나의 삶이구나' 하고 깨닫게 됩니다.

지금 삶에서 힘든 한 철을 보내고 있을 당신이 이 책을 통해 작은 위안과 위로를 발견할 수 있기를 바라봅니다.

PART 2.
흔들리는 마음이어도 편안하게

PART 3.
무례한 사람을 무기력하게

PART 4.

속마음, 이제 감추지 말고 당당하게

PART
1

기분에 휘둘리지 않고
단단하게

내 마음과 더 친해지는
기분 화해법

기분에 따라 하루를 망치지는 않았나요?

　:

　당신은 오늘따라 기분이 편치 않습니다. 눈을 뜨자마자 두 드려 맞은 듯 온몸이 쑤시고 불쾌합니다. 어제 마무리하지 못 한 보고서와 해야 할 일들이 머릿속에서 팝업 창처럼 '팟팟팟' 떠올라요. 미간을 찌푸린 직장 상사의 얼굴도 함께 떠오릅니 다. '아, 아침부터 정말.' 초조함과 불편함이 스멀스멀 몸을 따 라 올라옵니다. 어제 야식으로 먹은 매운 닭발과 맥주 탓인지 배는 아픈데 집을 나서야 할 시간은 가까워지네요.

겨우 몸을 추스려 집을 나서는 동안 기분은 더 나빠집니다. 오늘 있을 회의, 상사의 꾸지람, 그것을 지켜볼 동료들의 안쓰러운 눈길이 머릿속에 연거푸 스쳐요. 정말이지 그만두고 싶다는 생각, 백 번은 넘게 했을 그 생각을 또 마음 안에 눌러 담습니다. 만원 지하철은 오늘따라 더 답답하고 줄지어 걸어가는 이들의 발걸음은 왜 그렇게 또 더딘지.

출근과 동시에 몰아닥치는 일, 보고서, 회의는 당신을 가만히 놔두지 않습니다. 오늘따라 실수가 잦은 당신을 째려보는 상사의 눈이 더 매섭게만 느껴집니다. 혹 누가 알아채기라도 할까 다른 사람의 눈치를 살피기도 합니다. 서글프고 불쾌한 기분이 들어 제대로 업무에 집중할 수도 없습니다. 야근은 선택이 아닌 필수가 된 삶. 오늘 당신의 기분은 한없이 땅으로 꺼질 것만 같습니다. 우울하고 짜증이 납니다.

오후에는 기분이 점점 더 예민해지기 시작해요. 후배의 농담 한마디가 거슬려 감정 섞인 비난을 퍼붓습니다. 마치 건드리면 터지는 폭탄이 된 듯합니다. 주체되지 않는 감정이 격렬하게 출렁입니다. 기분은 마음 안에서 임계점을 넘어 흘러넘치며 당신을 덮치고 조종하기 시작합니다. 아침부터 타오른 불씨가 금세 행동과 태도로 옮겨붙습니다. 아침의 불쾌함이 하루를 망쳐버린 셈입니다.

오늘, 당신의 기분은 어땠나요? 왠지 모를 불쾌한 기분에 휩싸여 애먼 이에게 화를 내지는 않았나요? 우울감에 압도되어 집 밖으로는 한 발자국도 나오지 않으며 게으르고 무기력한 자신을 끊임없이 비난하지는 않았나요? 어쩌면 일어나지도 않은 일의 걱정과 염려로 밤을 지새웠을지도 모릅니다. 그렇다면 오늘 하루는 당신의 기분에 얼마만큼 영향을 받았을까요?

기분은 태도가 되고 또 내 삶이 됩니다
:

기분의 변화는 일상입니다. 파도처럼 혹은 바람에 흔들리는 갈대처럼 모든 일상 하나하나에 다 반응하며 흔들립니다. 때로는 그 기분이 우리를 집어삼키기도 합니다. 불쾌한 기분은 태도가 되고 또 삶에 그대로 스며듭니다.

기분은 우리가 보는 세상의 색깔을 결정합니다. 기분이 불안할 때면 내가 마주하는 하나하나가 위험을 예견하는 신호 같아요. 우울한 기분에 사로잡힌 날에는 세상 모든 일이 비관적이고 좌절스럽기만 합니다. 인식의 문제로만 끝나지 않고 한발 더 나아가 기분에 휘둘린 '행동'을 보이기도 합니다. 마음 깊은 곳에서 비롯된 작은 불씨가 금세 마음 전체로 옮아갑니다. 그리고 기분 내키는 대로 행동하게 됩니다. 기분에 휘둘리기 시작하는 것이죠. 이처럼 기분은 마음 전체, 행동 그리고 삶을 뒤흔듭니다. 눈을 뜨며 느낀 기분이 하루를 결정했던 경험, 아마 다들 한 번쯤은 해보셨을 거예요.

어떻게 하면 기분에 휘둘리지 않을 수 있을까요? 기분과 마음을, 행동과 삶을 망치지 않으려면 기분을 어떻게 맞이하고 또 다루어야 할까요?

기분을 억지로 길들이려 하지 말아요
：
여기서 기분을 다룬다는 말은 기분을 내 입맛대로 바꾼다는 이야기가 결코 아닙니다. 우리는 기분을 억지로 길들이려 하지 말아야 해요. 기분을 고정된 틀에 가두려 하면 안 돼요.

이것이 기분을 다룰 때 가장 중요한 전제입니다. 이상하게 들릴 수 있어요. 보통 튀어나온 못은 망치질을 해야 한다 느끼고, 흔들리는 기분은 어떻게든 붙들거나 없애는 것을 정답으로 여기니까요.

사람의 기분은 흔들릴 수밖에 없어요. 그것이 마음의 본질입니다. 파도가 많은 것을 품고 또 맞닿아 있기에 그 영향을 받듯 기분 역시 우리가 닿아 있는 세상으로부터 무수히 많은 자극을 받습니다. 그 자극은 예고도 없이 불쑥 찾아들고요.

마음을 다루는 일은 변덕스럽고 길들이기 힘든 반려견과 함께 사는 일과 비슷합니다. 얌전한 듯하다가도 갑자기 테이블에 뛰어올라 티슈를 물어뜯는 강아지처럼 우리 마음은 예측할 수 없는 순간에 예측할 수 없는 방식으로 작동합니다.

사람들은 살아가며 어쩔 수 없이 '기분 나쁜 순간'을 마주합니다. 그것은 돌발적인 사건 사고가 아닌 일상의 자연스러운 현상입니다. 그러니 "기분이 나쁘지 않았으면 좋겠다"라는 말이나 "기분이 나쁘지 않아야 해"라는 말은 너무나 공허해요. 매일 뜨는 해와 달을 부정함이 의미가 없듯 마음이 원래

이러하다는 사실을 인정해야 합니다.

기분이 길들여지지 않음을 받아들일 수 있나요? 그렇다면 선택해야 할 것은 인정하고 기다리는 일입니다. 더 쉽게 말하면 흔들리는 기분이 다시 그 진폭을 줄일 때까지 그저 지켜보는 일에 가깝습니다. 불쾌함이 다시 나아지기를 기다리며 지금 앞에 놓인 일들을 묵묵히 해나갑시다. 우리는 기분의 끊임없는 오르내림을 있는 그대로 받아들이면서도 기분, 마음을 대하는 태도와 관점에 주목해야 합니다.

기분은 파도처럼 오르내림을 반복하다 결국 다시 제자리를 찾을 것입니다. 마음이 흔들리는 순간은 누구나 불편합니다. 여기서 떨어져 관찰한다는 것은 불편함을 없애는 획기적인 방법은 아닐 수 있습니다. 하지만 기분의 흔들림에 일일이 반응하며 좇는다면 금세 지치기 마련입니다. 좌절감에 마음은 더욱 고통스러워집니다. 그럴 때는 통제보다 관찰을 선택해야 합니다. 단, 그 관찰은 기분의 출렁임을 좀 더 잘 맞이하고 흘려보내기 위한 것이 될 테지요.

우리에게는 마음을 살피고 들여다보는 연습이 필요합니다. 뭔가 대단한 일을 하자는 것이 아닙니다. 그저 한 자리에서서 마음에 거리를 두고 찬찬히 따뜻한 시선으로 살필 수 있다면 마음의 여러 면이 보이기 시작할 것입니다.

앞으로 할 이야기들은 기분을 바꾸거나 없애고 어떻게든 통제하기 위한 지침이 결코 아닙니다. 내 기분, 내 마음과 더 친해지고 마침내 받아들여 편히 머무르다 갈 수 있도록 허락하는 '기분과의 화해법'으로 여겨질 수 있다면 좋겠습니다. 기분에 압도당하거나 조종당하지 않으면서요.

이 또한 당신을 스쳐 지나가는
마음입니다

지금 그 마음은 영원하지 않아요
:

삶이 기분에 흔들릴 때면 우리는 그 기분을 붙잡고 어떻게
든 바꾸려 합니다. 본능적으로요. 하지만 형체 없는 기분은 손
에 잡히지 않아요. 손에 움켜쥔 모래처럼 그 사이를 빠져나갑
니다.

기차를 떠올려봅시다. 기분, 감정, 생각은 기차역에 도착한
기차와 비슷해요. 사람의 마음이 기차역이라면 기차가 경적

을 울리며 플랫폼에 들어올 때 우리는 불쾌한 기분, 혐오스러운 생각을 인식할 수 있지요. 기차가 잠시 머무르는 동안은 온갖 복잡 미묘한 것들이 마음 안을 어지럽힙니다. 그러면 마음은 당연히 불편하고 불쾌해집니다. 그럴 때 당신은 불편함에 어떻게 반응하나요? 어떻게든 불편함을 없애려 발버둥을 치거나 전전긍긍하지는 않나요?

여기서 꼭 기억해야 할 것은 기차는 기차역에 영원히 머무르지 않는다는 사실입니다. 정해진 때가 되면 다음 목적지를 향해 나아가야 하니까요. 분명 출발 시각은 정해져 있어요. 어느 날 밤, 문득 찾아든 걱정거리에 잠을 설쳤던 기억은 누구에게나 있습니다. 하지만 다음 날 아침에도 그 걱정이 여전히 남아 있던가요? 기분의 찌꺼기 정도는 남아 있겠지만 대부분은 이미 내 마음 안을 떠나 사라져버린 후일 것입니다.

걱정, 염려, 불쾌한 생각들에 시달릴 때면 시간의 힘을 꼭 생각해야 합니다. 중심을 잡지 못하고 흔들릴 때도 언젠가는 이 힘듦이 스쳐 지나갈 거라는 사실을 마음에 되새겨야 해요. 불편함이 기차처럼 우리 마음에 도착할 때, 적당히 마침표를 찍고 멀찍이 떨어져 일상에 집중할 필요가 있습니다.

　마음이 한껏 불편해진다면 가끔 조용한 장소에서 눈을 감고 기차역 플랫폼에 서 있는 상상을 해봅시다. 불편함을 가득 실은 기차가 요란하게 경적을 울리며 들어오지만, 기차를 빨리 떠나보내려 노력할 필요는 없습니다. 기차는 조금 머물렀다 어느 정도 시간을 보낸 후 다시 플랫폼을 떠나며 시야에서 벗어날 테니까요. 아무것도 하지 않아도 돼요. 그저 불편함을 조금 감내하며 플랫폼에서 가만히 기차가 떠날 때까지 지켜보는 일 말고는요.

　물론, 아예 불편하지 않을 수는 없어요. 플랫폼에 기차가 들어올 때는 마음이 굉장히 어지럽습니다. 하지만 불편한 기분, 감정과 다투려 하지 말아요. 당장 심한 불편함이 마음을 어지럽힌다면 자신에게 이야기해주는 겁니다. 지금 이 불쾌한 기분은 곧 내 마음을 벗어날 거라고, 그러니 기차와 굳이 씨름할 필요가 없다고요. 마음의 불편함을 이전과 다르게 맞이하고 새롭게 관계를 맺는 겁니다.

불편한 생각, 감정에 뛰어들지 말아요. 기차와의 다툼을 적당히 멈추고 몇 발자국 뒤로 물러서려는 용기가 필요해요. 그러고 나서는 각자가 할 수 있는 일에 집중하면 됩니다. 책을 읽고 친구와 전화를 하거나 좋아하는 영화를 다시 보는 일도 좋습니다. 사랑스러운 강아지의 영상을 찾아보거나 몇 해 전에 갔던 여름 휴양지의 사진들을 보면서 그때의 평온하고 따뜻했던 기억에 잠겨보는 시간을 갖는 것도요. 불편함보다는 행복한 감정을 선택하고 거기에 머무르는 연습을 할 수 있다면, 불편함을 습관처럼 붙잡으려 하지 않는다면 기차는 어느새 우리 마음을 떠나갈 것입니다.

파도는 언젠가 잠잠해지기 마련입니다
　:

마음은 단단한 고체의 형태가 아닙니다. 마음은 외부의 자극에 항상 파도처럼 출렁이지요. 평온한 순간도 잠시 온갖 것들이 마음을 흔듭니다. 거센 바람, 이따금씩 떨어지는 빗방울에 파도가 이리저리 출렁이는 것처럼요. 바다 아래 물고기 떼의 격렬한 유영도 파도를 더욱 자극하지요. 이처럼 다양한 자극 탓에 평온하고도 고요한 기분 상태를 유지하는 일은 그리

쉽지 않아요. 우리 마음도 언제나 출렁이는 물결처럼 위아래를 오갑니다.

그러다 보니 자연스레 기분과 마음을 통제하고 싶은 욕심이 생겨납니다. 지금의 좋은 기분이 변하지 않고 항상 영원하기를 원합니다. 하지만 나를 둘러싼 외부 상황을 매번 뜻대로 할 수는 없지요. 마음을 흔드는 상황과 사건은 예고 없이 들이닥치며 그러고 나면 기분은 금세 아래로 가라앉아요.

기분이 바닥으로 가라앉고 나면 좌절과 불안의 시간이 시작됩니다. 이 기분과 상황이 언제 끝날지 막막하기만 합니다. 불편함은 영원히 나에게 머무를 것만 같아요. 언제 끝날지 한숨만 쉬는 동안 그 불편함은 나를 더 깊은 늪으로 끌고 들어갑니다. 그리고 시야가 좁아지기 시작합니다. 불편함이 실은 그리 오래 가지 않음을, 늪이라 생각했던 곳에도 발을 디딜 공간은 있음을 간과하게 됩니다. 불편함이 괴롭고 괴로우니 불편해지는 악순환이 계속됩니다.

불편한 순간에 고정된 시선을 거두고 조금은 멀리 떨어져 이 상황 전체의 맥락을 살펴봅시다. 마음의 출렁임은 언제든 나타나지만 항상 그렇듯 다시 평온해짐을 기억해야 합니다. 눈앞의 불편함은 끔찍하나 시간은 분명 우리 편이라는 것도 요. 출렁이는 파도도 언젠가는 잠잠해지고, 불편함의 기차도 때가 되면 역을 떠나듯 눈앞에 펼쳐진 고통은 결국 스쳐 지나 갈 것입니다. 물론, 고통의 순간은 불편하고 불쾌하고 싫기만 해요. 당연합니다. 하지만 기분과 마음이 당연히 오르내리고 불편함도 삶에서 어쩔 수 없는 부분임을 인정한다면 우리 마음은 더욱 단단해질 수 있습니다.

감정을 모으고 있는 이들에게 필요한
감정 표현법

서툴지 않게 그러나 적절하게

:

"아, 화나. 정말 열받아!"

"걱정돼서 미칠 것 같아. 너무 힘들어."

우리는 일상에서 부정적인 기분을 거칠고도 쉽게 표현합니다. 기분을 발산함에 있어 단기적인 효과는 '속이 시원함'이겠죠. 내면에 쌓인 부정적인 것을 밖으로 토해내면 탄산 가득한 사이다를 마시듯 속이 뻥 뚫리는 느낌도 듭니다. 하지만 부정적인 기분을 즉시 표현하는 것이 과연 좋기만 할까요?

마음속에 쌓인 감정을 표현하는 것은 정신 건강에 아주 중요합니다. 억압되기만 한 감정은 때로 문제를 일으킵니다. 정신분석의 창시자 프로이트는 억압된 감정이 정신뿐만 아니라 육체의 정상적 기능을 저해할 수 있다고 이야기했습니다. 실제로 정신과를 찾는 분들 중 대부분은 해소되지 못한 해묵은 감정들이 마음에 겹겹이 쌓여 결국 여러 병으로 발화(發火)하게 된 경우가 많아요.

　분노, 우울감, 불안 등의 부정적인 기분을 마음속 좁은 창고에 억지로 밀어 넣고 문을 잠근다면 언젠가는 더 크고 어두운 감정들로 번지게 됩니다. 건강하고 온건한 감정 표현은 때에 맞춰 압력 밥솥의 증기를 조금씩 빼주는 일과 같아요. 증기를 배출하지 못한 밥솥은 큰 소리를 내며 터져버릴 것입니다. 억압되기만 한 감정이 우울감 혹은 분노로 폭발하는 것처럼요.

　감정은 적절한 시기에, 온건한 방식으로 배출되어야 합니다. 즉, 감정 표현의 때와 형식이 중요하다는 말이에요. 절대로 감정을 모으고 모아 한 번에 부정적인 형태로 터뜨리지 말아야 합니다. 잠깐의 시원함 뒤에 따라오는 오랜 불편함은 오히려 손해가 더 큰 법이니까요.

일상에서 잽을 날리듯 소소하고도 간단하게 "나 우울해", "기분이 별로야", "나는 속상해"라는 말을 툭툭 던져보는 연습이 필요해요. 속해 있는 단체 대화방이나 커뮤니티의 댓글 등에서 다른 이들의 표현을 참고해보는 것도 좋겠습니다. 감정 표현은 자연스러운 것이지 결코 어렵거나 거창한 것이 아니어야 합니다. 영어의 2형식(나는+~하다) 표현이면 충분해요.

반면, 거칠고도 서툴게 감정을 드러내는 이들이 있습니다. 그들은 소위 감정 표현에 대해 '쿨'합니다. "나는 뒤끝 없는 사람이야", "나는 이렇게 해야만 직성이 풀려"라며 자신의 무분별한 감정 분출을 합리화하고는 합니다. 감정의 억압과 반대되는 아주 과한 표현입니다. 또 상대를 배려하지 않는 이기적인 행동이에요. 하지만 날 선 기분을 쉽게 자주 드러내는 것은 언젠가 자신의 태도가 돼버려요. 마음 가는 대로 사람들을 대하며 나쁜 말들을 뱉어내다 보면 어느 순간 삶을 관통하는 습관이 되어버릴 수도 있어요. 적절한 필터링을 거치지 않은 감정 표현의 화살은 언젠가 자신에게 돌아올 것입니다. 기분 내키는 대로 말하고 행동하는 사람과 어울리고 싶은 사람은 아마 없을 테니까요.

온건한 감정 표현을 위한 대화의 기술
⋮

두 사람 이상이 모인 곳이라면 다툼이 생기기 마련입니다. 그 누구도 예외는 없어요. 정신과 의사도 마찬가지입니다. 다툼은 인간에게 일상입니다. 다툼과 갈등은 미숙한 대화에서 시작되어 상처로 끝나는 경우가 허다합니다. 갈등 상황에서 온건한 감정 표현과 대화를 하려면 약간의 기술이 필요합니다. 세련된 표현의 형태는 엄연히 존재하니까요. 내 기분을 어떻게 포장하고 어떤 형식으로 전달하는지에 따라 결과는 큰 차이가 나기 마련입니다.

'나-대화법'은 갈등 상황에서 타인에 대한 지적이나 비난보다 자신의 감정을 먼저 드러내는 표현의 기술입니다. 우리는 다투고 난 후 상대의 행동을 먼저 탓하기가 쉬워요. 이는 타인을 향한 비난으로 시작하는 '너-대화법'으로 이어지게 됩니다. 우리의 무의식적 방어기제는 자신의 눈에 있는 들보를 보기보다 상대 눈에 있는 티끌에 초점을 맞추게 하니까요. 하지만 그 결과가 별로 좋지는 않았을 거예요. 비난이 앞서는 대화는 서로에게 상처만 주니까요.

우리는 타인을 비난하고 싶은 본능을 누르고 자신이 느끼는 감정을 먼저 들여다보아야 합니다. 내가 상대의 말과 행동으로 얼마나 상처를 입었고 또 어떤 마음이 들었는지를요. 그런 다음 상대에게 부드러운 말투로 표현하는 겁니다.

"나는 당신이 아까 한 행동으로 기분이 많이 상했어. 그리고 당신이 한 말은 나에게 큰 상처였기에 마음이 너무 아팠어."

이처럼 자신의 상처를 먼저 이야기하는 대화는 상대에게 연민과 동정심을 불러일으켜요. 그러면 대화는 한결 부드러워집니다. 먼저 무기를 내려놓고 마음을 열고 대화하려는 상대를 보면 전의는 한풀 꺾이기 마련이니까요.

'비폭력 대화법'은 나-대화법에서 한 걸음 더 나아갑니다. 상황을 관찰하고 자신이 느낀 감정을 표현합니다. 자신이 왜 그런 감정을 느꼈는지와 욕구를 상대에게 구체적인 행동으로 부탁합니다. 은근한 청유형의 문장이 추가되는 것이지요.

"우리가 이런 사소한 일로 싸우지 않기를 바라. 그리고 나에게 상처 주는 그 말들은 조심해주었으면 좋겠어."

처음에는 조금 어색할 수도 있어요. 익숙하지 않은 문장 구조와 말투일 테니까요. 실은 정신과 의사인 저도 일상에서 쓰기에는 아직 어렵게만 느껴집니다. 하지만 타인을 향한 날선 공격보다 자신의 감정을 먼저 살펴 온건하고 부드럽게 표현하는 법을 연습해야 합니다. 다툼을 해결함에 왕도는 없지만 효율적인 감정 표현과 원만한 대화가 지름길임은 분명합니다.

이런 대화를 가까운 친구나 연인, 배우자와 함께 연습해보는 것도 도움이 됩니다. 말로 하기 쑥스럽다면 메시지로 먼저 주고 받는 방법도 좋습니다. 대화의 기술은 관계에 조미료처럼 작용해 좀 더 정감가고 맛깔스러운, 충돌이 없는 대화로 이끌어갈 수 있습니다. 온건한 감정 표현을 연습함으로써 감정의 억압 혹은 과한 배출로 인해 기분에 휘둘리고 압도당하는 상태에서 벗어나게 될 거예요.

끓어오르는 마음의 압력을 낮춰주는
기록의 힘

감정이 들끓을 때는 메모장을 켜요
:

우리는 때로 기분이 들끓는 순간을 경험합니다. 누가 나를 매몰차게 몰아붙이거나 부당한 일을 당하면 분노가 솟구쳐 오르고, 사람들 앞에서 창피를 당했다 느낄 때면 심한 불안과 긴장이 온몸에서 저릿저릿한 감각으로 느껴지기도 해요.

또한 기분은 행동을 유발하기도 합니다. 기분이 나빠지면 당장 어떤 행동이든 취하고 싶어집니다. 분노 유발자들에게 소리를 질러버리거나 불안한 상황에서 멀리 도망치든가 하는 식으로요. 그렇다면 감정에 휘둘린 행동의 결과는 어떤가요? 당장이야 감정의 압력을 낮출 수 있어 속은 시원합니다. 아주 잠깐, 짧은 순간 동안은요. 하지만 금방 후회와 미안함이 밀려듭니다. 겨우 그만큼도 참지 못한 자신에 대한 자책이 올라오기도 합니다.

많은 것이 나를 자극하고 감정이 마음속에서 들끓을 때는 어떻게 하는 것이 좋을까요? 우리는 '기록하기'에서 그 해답을 발견할 수 있습니다. 기록은 아주 간단하고도 강력한 방법입니다. 책상에 아무렇게나 놓인 메모장, A4 용지에 줄을 그어 기록해볼 수도 있습니다. 스마트폰에 내장된 메모 기능을 활용할 수도 있어요. 중요한 것은 감정이 나를 압도할 때 '기록해야겠다'는 생각을 떠올리는 것이겠죠.

이성과 감정의 균형 잡기

기록하기는 어떤 방식으로 감정을 가라앉히는 것일까요? 조금 복잡한 우리 뇌에 대해 잠시 생각해보겠습니다. 뇌는 특정 부위마다 각자 담당하는 영역이 다릅니다. 어떤 영역은 기억 또 어떤 영역은 식욕, 성욕과 같은 본능을 담당하기도 하고 팔과 다리의 감각과 운동을 담당하는 부분도 각자 다릅니다. 마찬가지로 감정과 이성을 담당하는 영역도 달라요.

불안, 분노, 초조함 같은 감정을 담당하는 곳은 뇌 깊은 곳의 편도체입니다. 분석, 이성적 사고, 합리적 판단 등을 담당하는 기관은 뇌의 앞쪽에 위치한 전두엽이고요. 감정과 이성을 담당하는 두 기관은 서로 연결되어 있어 한쪽이 활성화되면 다른 한쪽을 억제하는 역할을 합니다. 마치 시소처럼요.

여러 이유로 감정이 들끓을 때면 편도체가 과잉 활성화됩니다. 시소가 기울어지며, 연결된 전두엽의 이성적 사고 기능을 거의 마비시켜버립니다. 이를 하이재킹(Hijacking, 비행기 납치)에 비유하는데 전두엽의 이성적 기능을 모조리 탈취해버리는 것과 같아요. 감정이 주체되지 않을 때, 극도로 화가 났을 때 아무리 이성적으로 차분하게 생각하려 해도 잘 되지 않는 경험은 누구나 해보았을 것입니다.

기울어진 시소를 다시 바로잡아 균형을 맞추려면 전두엽을 자극하는 활동이 필요한데, 그 대표적인 활동이 바로 기록과 분석입니다. 감정이 여기저기서 폭발하는 순간 그 감정들에 이름을 붙여 점수를 매기고 상황에 대해 가졌던 자동적인 생각들을 헤아려보는 것입니다. 기록하는 행위 자체가 마음 안에 일어나는 일을 밖으로 끄집어내어 자신으로부터 거리를 두게 합니다. 많은 연구에서 자신의 경험을 글로 적거나 감정을 기록하는 행동 자체가 편도체의 반응을 감소시키며 전두엽을 활성화시킴을 밝힌 바 있습니다.

마음의 중심을 잡아주는 기록의 기술
:

메모할 곳을 정했다면 그다음에 해야 할 일은 감정에 꼬리표를 붙이는 작업입니다. 지금 내 마음속에 느껴지는 감정에 이름을 붙이고, 그 강도를 0에서 100점까지 기록해보는 것이지요. 감정이라는 무형의 것에 이성의 틀을 씌워 윤곽을 잡는 과정입니다.

우리말에서 감정을 가리키는 말은 워낙에 다양합니다. 불안이라는 감정은 공포감, 초조감, 가슴 두근거림, 날카로움, 예민함 등 미묘하게 다른 여러 단어를 아우르지요. 분노 또한 짜증나고, 화나고, 열받는다는 말로 다채롭게 표현됩니다. 어떤 표현이든 좋습니다. 지금 내 가슴속에서 끓어오르는 감정을 좀 더 그럴듯한 단어로 묘사하고 그 옆에 정도도 함께 적어봅시다. 우리는 대개 한 가지 상황에서 여러 복잡한 감정을 느끼는데, 복잡하게 얽힌 감정의 매듭을 하나씩 풀어가며 그 감정을 식별해봅시다.

현재의 감정을 유발한 상황이나 사건을 그 옆에 기록해봐도 좋습니다. 그 일에 영향을 준 여러 요소를 함께 기록하는 것이지요. 가령, 간밤에 잠을 설쳤다거나 과중된 업무로 인한 스트레스 혹은 몸 전체가 땀으로 끈끈해지는 더운 날씨 등이 여기에 해당될 테지요.

그다음 과정은 조금 더 까다로운데, 감정과 함께 떠오르는 자신의 생각을 기록해봅니다. 방금 전 상황을 내가 어떻게 받아들였기에 화가 머리끝까지 나고, 미칠 듯 불안한지 헤아려보는 것입니다. 프레젠테이션 발표 중인 나를 바라보는 동료의 표정에서 '무시하고 비웃는' 듯한 생각을 읽었거나(물론 나의 착각에 가깝지만), 나를 함부로 대하는 상사의 행동에 '나는 왜 이렇게 못났나' 하는 자책을 했을지도 몰라요. 격렬하게 흔들리는 감정에 직접적인 영향을 주는 생각을 살펴본다면 감정을 둘러싼 여러 요소를 좀 더 객관적으로 또 전체적으로 파악하게 됩니다.

말하자면 짧은 일기 쓰기와도 비슷한데 메모를 하는 타이밍이 중요합니다. 가능하면 감정이 흔들리는 사건이 벌어진 직후 마음이 아직 뜨끈뜨끈할 때 적는 것이 더 효과적입니다. 메모장을 연 뒤 앞의 요소들을 고민하며 기록하기까지는 몇 분의 시간이 걸릴 거예요. 상황과 마음의 상호작용 전체를 아우르다 보면 이성과 합리성이 작동합니다. 이성적 고민의 시간 동안 뇌의 앞쪽 전두엽은 자극을 받고, 반대로 과하게 달아오른 편도체는 식어가기 시작합니다. 그리고 감정에 치우친 시소가 다시 조금씩 균형을 잡게 됩니다. 단 몇 분의 투자 치고는 효과가 좋은 전략인 셈이지요.

이렇듯 마음의 중심을 잡는 데 중요한 키워드가 바로 '알아차림'입니다. 알아차림의 힘은 생각보다 강력합니다. 마음에서 일어나는 일들을 헤아리는 데 기록은 중요한 수단 중 하나예요. 알아차리며 거리를 두고 찰나를 견디는 여유는 우리에게 꽤 많은 것을 선물해줍니다.

사실, 기록한다는 행위 자체만으로도 감정을 누그러뜨리는 데는 꽤 효과적입니다. 마음속 감정에서 메모장으로, 주의 전환이 얼마간 이루어지기 때문입니다. 사람들은 대부분 감정이 폭발하면 그 블랙홀에서 헤어나지 못하고 빨려들어가 버리는 경우가 많으니까요. 감정이 폭발하는 순간 기록하기를 떠올릴 수 있다면 찰나의 순간이지만 마음에 여유 공간을 만드는 힘이 생겨납니다. 그러니 감정이 들끓을 때 의식적으로라도 메모장을 떠올려보면 어떨까요?

우리는 왜 자꾸 기분 나쁜 생각에서 벗어나지 못할까?

나쁜 생각인 줄 알지만 계속해서 머무르려는 이유
:

당신은 경치 좋은 오솔길을 걸어가고 있습니다. 좋은 기분으로 산책을 하던 중 한눈을 판 사이 발을 헛디뎌 자신의 키보다 깊은 구덩이에 빠졌다고 생각해봅시다. 우리는 여기서 어떤 선택을 하게 될까요? 그 어둡고 축축한 곳에 오래 머무르고 싶지는 않을 거예요. 당연히 구덩이를 어떻게든 빠져나오려 할 것입니다. 지나가는 사람을 소리쳐 부르든 바위나 나뭇가지를 딛고 올라오든 할 수 있는 여러 방법을 이용해서요.

하지만 이런 외부 사건과 달리 마음 안에서는 전혀 다른 일이 벌어집니다. 우리는 살아가며 여러 기분에 빠져듭니다. 우울함, 불안함, 초조함, 분노 같은 감정들 말이에요. 상쾌한 기분으로 출근하는 와중에도 콩나물시루 같은 지하철에서 시달리다 보면 짜증의 구덩이에 빠져버립니다. 열심히 준비했던 발표 자리에서 팀장님의 쓴소리 한 번으로 깊은 자책의 구덩이에 빠져들기도 하고요. 평온하던 일상이라도 잠시 한눈을 판 사이에 마음은 불쾌함으로 미끄러져 들어갑니다. 이처럼 삶에는 피할 수 없는 구덩이들이 도사리고 있습니다.

당신은 마음의 구덩이에 빠져들 때 어떤 행동을 선택하나요? 일상에서 마주하는 사건의 대처와 달리 마음속 구덩이에 빠지고 나면 그 불편하고도 불쾌한 기분에 한참을 젖어 들고 머무르게 되는 경우가 많아요. 그러면서 자신이 깊은 수렁에 빠져 있다는 사실을 망각하기도 합니다. 혹은 그 구덩이에서 벗어나기 위해 노력해야 함을 알아차리지도 못합니다.

심지어 밖으로 나오려는 시도는커녕 더욱더 깊은 곳으로 파고 들어가려 합니다. 방금 겪은 기분 나쁜 일을 붙잡고 거듭 생각합니다. 나를 대하던 그 사람의 표정, 태도, 행동을 떠올리며 과한 의미 부여를 하고 몸서리칩니다. '그때 그렇게 말하지 말았어야 했는데', '내가 대체 왜 그랬던 걸까' 하며 자신의 행동을 자책해요. 기분 나쁜 일에 대한 반추가 일어납니다. 불편한 일들을 머릿속으로 끊임없이 되감아보는 것이죠. 참 이해되지 않지만 우리는 이런 경험을 너무도 자주 합니다.

불쾌한 사건이나 기분은 생각할수록 더욱 커지며 그 가지는 여러 방향으로 뻗어나가 우리를 압도합니다. 하지만 부정적인 기분에 오래 머무를수록 그 영역은 더욱 넓어질 뿐이에요. 피부 밖에서든 마음 안에서든 구덩이에 빠지면 절대 거기에 머무르려 해서는 안 됩니다.

불편한 기분에서 벗어나기 1. 몸의 감각 알아차리기
:

그럼에도 불구하고 계속해서 불편한 기분에 머무르려는 이유는 무엇일까요? 이는 뇌가 개체의 안전을 가장 신경 쓰기 때문입니다. 불편함을 느끼고 경계하는 대상이 생기면 뇌는 거기에 초점을 맞추고 주시하기 시작합니다. 에너지의 일부를 불편해하는 대상에 투여합니다. 하지만 마음의 문제가 그렇게 해결되는 경우는 거의 없으며 오히려 함정에 빠지는 경우도 많아요.

    그러니 불쾌한 기분의 구덩이로 빠져들고 있다는 신호를 인식하는 연습이 꼭 필요합니다. 이미 깊은 곳에 빠지고 나면 다시 헤어나오기는 더욱 어려워지는 탓에 미묘한 신호를 감지하는 지혜가 필요합니다. 불쾌하고 불편한 기분이 퍼지기 시작할 때 우리가 감지할 수 있는 일종의 경고음이 있습니다. 바로 몸의 감각들입니다.

    최근 독일의 존-딜런 헤인스 박사 연구팀은 사람이 자신의 의지와 생각을 알아차리기 10여 초 전부터 뇌와 몸은 그에 반응하고 있다는 사실을 발견했습니다. 즉, '내가 지금 기분이 안 좋구나' 하는 인식이 생기기 전에 몸은 이미 반응을 하고 있다는 말입니다. 이처럼 몸의 감각은 항상 감정적, 인지적 인식보다 앞섭니다.

    가슴이 답답하고 두근두근하는 느낌, 한 자리에 가만히 있지 못하고 안절부절못하는 느낌 등이 몸 곳곳에서 감지된다면 구덩이로 미끄러져 들어가고 있다는 신호일 테지요. 몸이 축 처지고 힘이 빠지고 머리 한쪽이 지끈거리는 느낌 등이 들 때가 알아차림의 순간입니다. 그럴 때일수록 조금 더 촉을 세워 마음을 잘 살피고 여유를 가져야 합니다. 몸은 마음과 연결되어 항상 유기적으로 움직이니까요.

불편한 기분에서 벗어나기 2. 깊은 호흡에 잠시 머무르기
⋮

마음이 끌려 들어감을 알아차릴 수 있다면 구덩이 안과 밖의 경계가 좀 더 명확해집니다. 경계를 잘 헤아릴 수 있다면 현시점에서 내가 할 수 있는 노력을 떠올리는 여유가 생겨납니다. 불쾌함에서 벗어나는 방법은 저마다 다양할 것 같아요. 친밀한 누군가와 마음을 나누거나 커뮤니티에 올라온 재미난 글을 읽어보는 것, 인사이트를 줄 수 있는 영상과 글을 찾아보는 등 다양한 방법이 있을 것입니다. 여기서 중요한 것은 부정적 기분에 빠져들어 머무르고 혹은 더 깊게 빠져들려는 관성을 허용하지 않는 태도겠지요.

깊은 호흡에 잠시 머무르는 시간을 가져보는 것도 좋은 방법입니다. 어수선한 곳을 피해 눈을 감고 온전히 신체 감각을 느낄 때, 우리는 몸과 마음의 상태를 헤아릴 수 있는 찰나의 빈 공간을 경험하게 됩니다. 감정이 격하게 흔들리는 순간, 불쾌한 기분에 삶이 흔들리려는 순간을 알아차릴 수 있다면 잠시 자리를 피하세요. 그리고 1분 정도, 10여 차례의 들숨과 날숨을 쉬며 깊은 호흡에 집중하고 나면 구덩이에 빠져드는 마음을 건져 올리는 방법과 여유를 발견하게 됩니다. 호흡은 우리가 항상 휴대할수 있는 간단하면도 강력한 무기임을 잊지 마세요.

아무것도 바라지 않으며
두려워하지 않는 마음

지금, 여기, 이 순간에 자유로울 것

:

"나는 아무것도 바라지 않는다. 나는 아무것도 두려워하지 않는다. 나는 자유다."

『그리스인 조르바』 니코스 카잔차키스의 묘비명입니다. '내 기분에 휘둘리지 않는 삶. 나를 속박하는 것에서 자유로울 수 있는 마음'. 결국, 우리가 원하는 가치는 마음의 자유일 것입니다. 그리스인 대문호 니코스 카잔차키스는 묘비에 자신이 마침내 찾아낸 자유를 새겼습니다. 아무것도 바라지 않으며 두려워하지 않는 것, 자신의 마음이 그 누구의 시선이나 무엇에도 휘둘리지 않도록 하는 균형, 오랫동안 단련되었을 이러한 마음이 그가 자유로울 수 있게 도왔을 것입니다.

니코스 카잔차키스의 명저 『그리스인 조르바』에 나오는 주인공 조르바는 자유인 그 자체입니다. 그는 마음껏 일하고 또 기분이 좋아지면 있는 힘껏 춤을 추고, 그 자리에서 있는 그대로 자신의 마음을 큰 소리로 호통치듯 표현하지요. 자신을 고용한 주인의 눈치는 전혀 보지 않아요. 모든 것을 있는 그대로 바라보고 받아들입니다. 대조적으로 소설에 나오는 관찰자(주인)는 자주 타인의 눈치를 보고 망설입니다. 많은 것에 휘둘리기 십상인 우리들의 모습인 듯합니다. 반면에 조르바의 모습은 현대인이 언제나 꿈꾸는 이상, 자유함 그 자체이고요.

들판에 풀어놓은 야생마 같은 조르바의 삶. 그 자유인의 모습을 있는 그대로 다 따라 할 수는 없지만 소설에 펼쳐지는 조르바의 말과 행동을 살피는 것만으로도 우리에게는 큰 울림이 됩니다. 개인적으로는 제가 가장 사랑하는 책이기도 한데,

어느 페이지를 펼쳐도 마음을 도끼로 깨어내는 듯한 느낌을 주어 서재에 꽂힌 책은 아주 많은 페이지가 접혀 있습니다.

나의 마음은 과거, 현재, 미래 중 어디에 머물러 있나요?
⋮

지금, 여기, 이 순간이라는 키워드를 일상에 받아들여 봅시다. 소설에서 조르바가 가장 아끼고 사랑하는 것은 눈앞에 펼쳐진 지금, 바로 이 순간이었습니다. 다음은 소설에 나오는 한 구절입니다.

"새길을 닦으려면 새 계획을 세워야지요. 나는 어제 일어난 일은 생각 안 합니다. 내일 일어날 일을 자문하지도 않아요. 내게 중요한 것은 오늘, 이 순간에 일어나는 일입니다."

조르바는 매일 자신의 마음에 새로운 길을 닦아냅니다. 매일 맞이하는 수평선의 햇살도, 발밑에서 바스러지는 해변 모래의 촉감도 마음속에서 새롭게 빚어냅니다. 매일 같은 렌즈로 세상을 바라보는 우리와는 분명 다르지요. 지금, 바로 여기 이 순간을 기억하고 온몸의 촉수로 이를 느끼는 것이 조르바의 삶입니다.

반면에 우리는 어떤가요? 우리의 마음은 매 순간 지질하고 힘들었던 과거의 기억, 막연하고도 두려운 미래를 끊임없이 오갑니다. 누군가 툭 던진 한마디는 뇌의 어딘가에 흩어진 기억 조각을 순식간에 길어 올리지요. 일어나지도 않은 혹은 일어날 가능성이 희박한 일들을 미리 걱정하며 불안을 만들어내기도 합니다. 조금만 거리를 두고 보면 아무렇지도 않을 말이 과거와 미래를 오가며 마음에 격렬한 파도를 일으킵니다. 눈앞에 펼쳐지는 현상 그대로를 바라보지 못하고 과거의 고통이나 미래의 불안을 덧씌워 본 탓에 고통에 빠지고 맙니다. 결국, 기분이 만든 불협화음에 휘둘리고 마는 것이지요.

마음챙김(Mindfulness)은 현대적 명상의 한 방식으로, 여기서 가장 중요시하는 것은 지금, 바로 이곳에서의 느낌과 감정, 생각을 '있는 그대로' 받아들이는 태도입니다. 지금 내가 느끼는 감각과 감정, 머리를 스쳐가는 생각을 찬찬히 바라보며 가만히 관찰합니다. 스노우볼을 흔들고 나서 투명한 구슬 안을 어지럽게 떠다니는 가루가 다시 가라앉을 때까지 기다리듯 마음을 가만히 바라봅니다. 이러한 명상 과정을 통해 우리는 좁은 시야에서 벗어나 나와 세상을 있는 그대로, 과거와 미래의 티끌을 묻히지 않은 채로 받아들이고 흘려보낼 수 있습니다. 명상을 통해 온전한 실존 그 자체를 삶으로 가져오는 것이지요.

마음챙김은 여러 곳에서 손쉽게 접할 수 있습니다. 포털 사이트 검색을 통해 얼마든지 관련 책과 영상을 볼 수 있습니다. 명상을 거창하고 어려운 것이라 생각할 필요는 없어요. 하루 중 잠시라도 시간을 내어 자신의 마음을 관찰하며 보내는 행위 자체가 명상 수련입니다. 가부좌를 틀지 않아도, 책상에 앉아 일기를 쓰거나 잠깐이지만 마음에서 일어난 일을 헤아리는 공상도 명상이라 할 수 있어요.

광고인 박웅현 씨는 저서 『책은 도끼다』에서 자신의 좌우명이 "개처럼 살자"라고 밝힙니다. 마치 욕설처럼 들리지만 실은 깊은 의미가 숨어 있습니다. 개는 어제 먹다 남은 음식을 아쉬워하지 않으며 내일 무엇을 하고 놀아야 하나 걱정하지 않습니다. 지금 눈앞에 주인이 던진 공을 부리나케 물어오는 순간의 희열, 쓰다듬어 주는 주인의 손길 그 자체에 만족합니다. 인간과는 정반대지요. 우리는 눈앞에 펼쳐진 긍정의 순간을 과거에 겪었던 고통의 맥락 안에서 평가 절하하기 일쑤이니까요. 우리도 때로는 개처럼 그 순간에 존재하는 것 자체로 만족할 수 있다면 얼마나 좋을까요?

그러려면 있는 그대로 받아들이는 눈이 필요합니다. 지금 몸에서 느껴지는, 마음에 가득 찬, 머릿속을 스쳐가는 감각과 생각들을 있는 그대로 수용하며 흘려보내는 연습이 필요합니다. 기분이 만들어낸 불편함은 우리를 지금 이 순간이 아닌 과거나 미래의 먼 곳으로 끌고갑니다. 그렇게 기분에 조종당하는 것이지요. 몇 발자국 물러서서 이 상황을 아울러 살필 수 있는 잠깐의 용기, 그 용기를 통해 마음은 중심을 잡아가기 시작합니다. '지금, 여기, 바로 이 순간'이라는 이정표를 마음속에 세울 수 있다면 마음은 좀 더 자유로워질 수 있습니다.

단 1분이어도 좋아요,
마음의 숨을 고르는 명상

작은 결심으로 시작해도 충분해요
:

출렁이는 마음을 대하는 데 명상이라는 키워드가 주목받고 있습니다. 바쁘고 복잡한 현대사회가 만들어내는 스트레스는 우리 마음을 가만두지 않아요. 산더미 같은 일, 거미줄처럼 얽혀드는 답답하고 꽉 짜여진 인간관계는 우리 기분을 세차게 뒤흔듭니다. 반면 명상이라는 단어는 평온함, 고요함 그리고 휴식에서 오는 편안함 등을 떠올리게 합니다. 많은 것에 휘둘리고 시달려온 이들이 항상 바라고 갈구하던 신선한 '그 무엇'을 상징하는 단어 같기도 합니다.

하지만 명상에 관심을 조금 가져보려 해도 포털 사이트 검색으로 나오는 각종 이미지는 명상에 부담을 느끼게 합니다. 사진 속 명상가들은 동이 트는 해변가에서 죄다 가부좌를 틀고 있거나 요상한 포즈를 취하고 있거든요. 우리가 사는 곳은 해변가도 아니고 뻣뻣한 몸으로는 저런 자세를 만들기도 힘들어요. 또 저런 곳에 찾아가 명상을 할 물리적, 심적 여유도 없고요. 어떻게 보면 갖지 못하는 것에 대한 갈증이 현대인의 명상에 대한 환상을 더 키우는 듯합니다.

물론, 전통적 명상은 오랜 시간과 노력이 드는 행위입니다. 명상은 자신의 삶과 마음을 대하는 태도와 관점을 새롭게 만들어가는 과정입니다. 자신의 나이만큼 오래된 인식 체계를 바꾸는 데는 많은 고민과 시행착오가 필요하기 마련입니다.

현대 정신의학과 심리과학의 영역에 명상의 개념이 도입되면서 좀 더 과학적이고 효율적인 방법에 대한 고민이 시작됐습니다. 그 결과물 중 하나가 마음챙김 명상이라 할 수 있습니다. 마음챙김 명상은 의도적으로 자신의 마음에 주의를 기울이고 관찰하며 그 변화와 주변의 자극에 휘둘리지 않는 태도를 지향합니다. 여러 세분화된 방법들을 통해 일상에서 기분과 마음을 잘 관찰하고 또 흔들리지 않는 마음의 근육을 조금씩 단련해내는 셈이지요.

바쁜 우리가 대단한 명상가가 될 필요는 없어요. 오히려 일상의 작은 노력이 삶을 관조하도록 도우며 기분의 변화 속에서 단단한 중심을 잡는 태도를 만들어냅니다. 구글의 엔지니어였다가 명상에 빠져 전 세계에 명상을 알리고 있는 차드 멩탄은 명상을 위해 "단 1분, 호흡으로의 집중"을 강조합니다. 기분에 휘둘리지 않기 위한 시작은 내 마음을 위해 단 몇 분의 시간을 들이겠다는 결심, 그것으로도 충분합니다.

'잠깐만 쉴까'에서 '3분만 명상할까'로
:

물론, 마음챙김 명상에도 특정 형식을 통한 연습 방법이 존재합니다. 하지만 너무 부담스럽게 접근하기보다 흥미가 가는 여러 방법을 접하며 경험하는 것이 더욱 중요할 것 같아요. 즉각적인 효과를 볼 수 있는 명상 기법도 있는데, 주변의 소란이 마음을 어지럽힐 때, 면접이나 발표를 앞두고 머릿속이 마구 뒤엉켜 있을 때 도움이 되는 3분 명상(3-minute breathing space, TMBS)이 그렇습니다. 짧은 시간 동안 마음의 평온함을 찾는 데 도움이 되는 방법으로 번잡한 마음에 3분의 시간을 들여 숨 쉴 공간을 만들 수 있습니다.

먼저, 조용한 곳에 차분히 앉습니다. 텅 빈 회의실, 비상구 계단, 그마저도 여의치 않으면 화장실 변기 위도 좋습니다. 잠깐 집중할 수 있는 편안한 곳이면 충분합니다. 집중할 수 있다면 약간의 소음도 괜찮아요.

첫 1분은 외부의 자극들에 집중합니다. 에어컨 소리, 창밖의 경적 소리, 바람이 창을 두드리는 소리를 있는 그대로 '판단하지 않고' 감지합니다. 판단하지 않는다는 말은 '좋다, 나쁘다'는 생각을 배제하고 있는 그대로 '에어컨 소리', '경적 소리'로 느끼라는 말이에요. 순간 다른 생각이나 느낌에 사로잡혀 이 순간에 집중하지 못하더라도 흐트러짐이 인식되는 순간 부드럽게 원래의 초점으로 돌아오면 됩니다. 절대 자신을 자책하거나 비난하지 말고요.

그다음 1분은 자신의 내부 감각에 집중하기 시작합니다. 앉아 있다면 발이 바닥에 닿는 감각, 등 어딘가가 가려운 느낌, 뻐근한 어깨의 느낌 등에 집중합니다. 그 과정 중에 온갖 생각과 감각이 머릿속에 떠오르는 것은 너무 당연한 일이에요. 알아차리고 또다시 내부 감각의 초점으로 돌아가고, 알아차리고 돌아가는 일을 반복합니다.

마지막 1분은 오롯이 자신의 호흡에만 집중하는 시간입니다. 코로 바람이 들어가고, 바람이 기도를 훑어 내려가는 느낌, 바람이 가슴을 부풀리며 그 안을 채우는 느낌을 천천히 느껴봅시다. 다시 바람이 가슴 안, 목, 코를 통과하며 인중을 스쳐 밖으로 나가는 느낌까지도요. 찬찬히 호흡에 집중하는 와중에도 마음은 끊임없이 안팎을 오갈 것입니다. 알아차리는 순간 부드럽게 자신의 호흡으로 돌아가면 됩니다.

눈을 뜨면 세상이 잠잠해지고, 흔들리던 마음과 기분이 평온함을 되찾을 수 있어요. 3분은 아주 짧은 시간이지만, 잠깐의 휴식을 공상과 걱정이 아닌 명상이 주는 평온함과 고요함으로 채워보는 것은 어떨까요?

매일의 짧은 명상 훈련들

:

우리가 하는 일상의 모든 행위에서 마음챙김 명상을 실천할 수 있습니다. 어쩌면 당신은 이미 일상에서 실천하고 있을지도 몰라요. 설거지를 할 때, 어느 순간 멍해지며 거품이 묻은 그릇을 닦아내는 행위에만 집중했던 적이 있을 것입니다. 좋아하는 음식을 먹을 때 그 음식의 향기, 입안 가득 펼쳐지는 식감, 다양한 맛, 삼킬 때 식도를 미끄러져 넘어가는 느낌을 찬찬히 느껴본 적도 있을 거예요.

그것이 바로 일상의 명상입니다. 설거지, 먹기, 걷기 등 응용할 분야는 무궁무진합니다. 차드 멩 탄은 일하다 잠깐 화장실을 가는 걸음걸음마다 의도와 움직임, 느낌을 알아채는 명상을 했습니다. 저는 아기 띠를 두른 채 아이를 안으면 느껴지는 따스한 체온, 몸이 맞닿은 보드라운 감각에 집중하며 '아기 띠 명상'을 해봅니다. 아무 생각 없이 하던 일이 명상이라니. 그럴싸한 의미를 붙이는 것도 꽤 멋져 보입니다. 그리고 그 찰나의 연습은 우리 마음을 더욱더 단단하게 합니다.

마음의 상처는 문장이 되고
그 문장은 삶의 규칙이 됩니다

낮은 자존감, 어디서부터 시작되었을까요?

당신은 오늘도 사람들의 눈치를 살핍니다. 다들 모인 자리에서 자신 있게 말을 하지 못하고 주눅만 듭니다. 몇 번이고 하려 했던 말을 삼키고, 집에 돌아오는 길에는 소심한 자신을 탓합니다. 취약한 자존감의 바탕에서 기분이 세차게 흔들려요. 당신의 낮은 자존감은 어디서 시작되었나요?

항상 사람들 앞에서 주눅 들어 있던 재우 씨는 힘들었던 가정사를 이야기합니다. 어린 시절, 아버지는 매일 밤 술을 마시고 들어와 가족들에게 소리를 질러댔습니다. 기분이 나쁘면 손찌검을 하는 탓에 아버지만 오면 이불을 뒤집어쓴 채 숨죽이고 있어야 했던 그 긴장된 분위기, 거기에 어머니는 고된 삶에 찌들어 재우 씨의 이야기는 무시하고 오히려 자신의 신세 한탄만 늘어놓았습니다. 재우 씨는 자신을 사랑받을 수 없는, 쓸모없는 존재라 여겼습니다. 가장 가까운 가족도 자신을 돌보지 않았으니까요. 소중하게 다뤄졌던 경험이 없었기에 지금도 타인에게 마음을 열기가 무척 힘들다고 말합니다.

연우 씨는 중학교 시절, 같은 반 아이들에게 이유 없는 괴롭힘을 당했습니다. 처음에는 "기분 나쁘게 생겼다"라며 친구들 앞에서 창피를 주더니 급기야 연우 씨가 가지고 있던 물건을 감추거나 버리고, 체육 시간 같은 단체 활동에서도 소외시켰어요. 연우 씨는 반에서 외톨이가 되어 갔고, 친했던 친구들마저 손가락질하며 모멸감을 주었습니다. 밝았던 연우 씨는 점차 등교가 두려워졌고 지각과 결석을 반복하다 학교를 그만두게 되었지요. 연우 씨는 자신이 살았던 곳이 싫어 유학길에 올랐고, 어떻게든 학업은 마쳤지만 타지에서 이방인으로 살아가는 삶은 과거의 기억과 맞물려 종종 타인에 대한 공포를 느끼게 합니다. 누군가 조금이라도 불편한 기색을 내비치면 가슴이 철렁 내려앉고 순식간에 두려움의 늪으로 빠져들었습니다.

내 마음은 나도 모르는 규칙의 지배를 받아요
:

내 마음은 나도 모르는 내적 규칙의 지배를 받습니다. 심리학에서는 무의식, 스키마의 작동으로 부르기도 합니다. 이름이야 어떻든 내적 규칙의 힘은 굉장히 강력합니다. 그것은 어떤 상황에서도 반드시 지켜야 하는 삶의 헌법과도 같은 역할을 합니다. 사회에서 일어나는 여러 상황에서 타인을 대하는 암묵적 규칙에서부터 일을 처리하는 방법, 밥을 먹고 휴식을 취하는 방법 등 나를 둘러싼 모든 상황을 인식하고 이에 대처하는 방법들이 마음에 규칙화되어 새겨져 있습니다.

이 내적 규칙은 타고난 것이 아닙니다. 우리는 사회 안에서 태어나 연결된 채로 수많은 학습을 하고 그 과정이 마음에 규칙을 만듭니다. 내적 규칙은 삶을 경험하며 시작되고 시간이

갈수록 더 단단해져 패턴으로 남게 됩니다. 이 패턴은 쉬이 바뀌지 않습니다. 규칙에 의해 지배되는 행동 패턴을 규칙 지배 행동(Rule Governed Behavior)이라고 하는데, 우리 기분은 이런 내적 규칙에 의해 예측할 수 없는 방향으로 튀어 오릅니다. 힘든 상황이 아닌데도 마음이 울적해지는 이유를 잘 들여다보면 마음과 삶을 관통하는 규칙이 작동하고 있습니다.

삶에서 겪었던 고통은 마음 깊은 곳에 상처를 남깁니다. 그 상처는 우리를 규정짓는 문장으로 새겨지기도 해요. 재우 씨는 누구도 자신을 보듬어주지 못한 환경에서 '나는 쓸모없는 사람이야'라는 내적 규칙을 마음에 새겼을 것입니다. 그 규칙은 타인에 대한 무조건적인 순응과 존재 자체에 대한 두려움, 실패와 부족함의 과한 해석과 얽혀 거미줄처럼 연결망을 형성하였습니다. 그리고 그것은 어느새 재우 씨의 행동을 조종하기 시작했고 지금까지도 영향을 주고 있습니다.

당신의 마음에는 어떤 문장이 새겨져 있나요?
:

연우 씨는 자신을 괴롭히던 친구들의 생김새, 옷차림, 자신을 혐오스러운 듯 쳐다보던 표정이 지금도 생생하다고 하였습니다. 때로는 중학생 시절의 모습으로 괴물에게 쫓기는 꿈을 밤새 꾸기도 합니다. 여기서 가장 안타까운 점은 오래된 기억과 감정이 지금의 삶을 끌어가는 규칙으로 변해가고 있지만 정작 본인은 이를 전혀 인식하지 못한 채 끌려간다는 것입니다.

사람들은 잘 모르지만 마음이라는 기계 장치는 삶에서 겪은 사건들에 굉장히 정직하고 견고하게, 삶의 모든 상황에 똑같은 규칙을 적용하려 합니다. 연우 씨의 마음에서 '나는 사람들에게 혐오스러운 존재야', '내가 억지로 노력해야만 인간관계를 유지할 수 있어' 같은 문장들이 작동할 때, 일상의 공간이 두렵고 무서워지기 시작합니다. 편하게 커피 한잔하러 들른 조용한 카페도 이 규칙에 의해 불편한 공간이 되어버려요. 자신을 둘러싼 세상이 좁아지는 것이지요.

그러니 알아차려야 합니다. 자신의 마음에서 매 순간, 모든 상황에 작동해 삶을 옭아매는 문장이 무엇인지 고민하는 시간이 필요합니다. 마음에 새겨진 문장이 무엇인지 헤아릴 수 있다면 순간에 나타나는 과한 응종을 멈출 수 있고. 자신의 마음을 향해 좀 더 건강하고 따뜻한 질문을 던질 수 있습니다. '잠깐, 굳이 내가 이 낡은 문장을 좇을 필요가 있을까?' 하고요. 마음이 작동하는 윤곽이 명확해질 때 기분과 마음은 '예측 불허'의 빨간불에서 '예측 가능'의 파란불로 바뀝니다.

참 아이러니하지만 우리는 트라우마를 심어준 사람이 새겨놓은 규칙을 너무나 열심히 지키고 있습니다. 떠올리기만 해도 몸서리쳐지는 그 사람의 말을 세상에서 가장 중요한 규칙으로 여기고 있는 것과 같아요. 내가 가장 증오하고 싫어하는 이들이 심은 규칙을 따라가야 할까요? 상상만 해도 싫은 그들이 나에게 남긴 저주와 같은 문장들을 말이에요. 생각만 해도 화가 나지 않나요? 분노는 혐오스러운 감정이 아닙니다. 변화를 위해 꼭 필요한 조미료와 같아요. 내 마음에 상처를 준 사람, 나에게 남긴 아픈 규칙들에 화를 내보세요. 너무나 당연시했던 것을 이질적으로 여기게 될 때 내적 규칙의 작동은 점차 줄어듭니다.

두렵고 불안한 세상에서 건네는
셀프 위로

칭찬, 꼭 받을 만해서 하는 것은 아니에요

"칭찬 일기가 도움이 된다던데, 어떻게 쓰는 건가요?"

세상이 두렵고 불안한 이들에게 칭찬 일기는 일상에서 실천할 수 있는 강력한 위로 중 하나입니다. 하지만 많은 분들이 칭찬 일기에 선입견을 가지고 있어 잘 활용하지 못합니다. 일기를 쓰는 일도 왠지 부담스럽고요. 그도 당연한 것이 매일 해야 할 과제를 삶에 끼워 넣기란 쉽지 않기 때문입니다.

칭찬 일기를 쓸 때 꼭 쓰기에 초점을 맞출 필요는 없습니다. 칭찬 일기는 기록 자체가 중요하다기보다 항상 경험하던 일상을 새로운 시각으로 바라보는 연습에 가까워요. 봉사활동을 하거나 지하철에서 누군가에게 자리를 양보하는 일에만 칭찬을 할 수 있는 것은 아닙니다. 직장에 지각하지 않는 것을 당연하다고 생각하지만 하루도 빠지지 않고 해나간다면 충분히 잘하고 있는 것 아닐까요? 내야 할 과제를 제시간에 제출하는 일도 어떤 측면에서 보면 부지런히 노력했다는 증거가 될 수 있어요. 하지만 우리는 자신에게 너무도 인색합니다.

자존감이 낮은 이들은 자신에 대한 기준을 너무 높게 잡고 현실과의 괴리로 괴로워하는 경우가 많습니다. 내가 한 일은 '당연히 해야 하니까' 한 일이고 그 이상의 성과가 없다면 자신이 부족한 탓으로 돌립니다. 일상이 다 '기준 미달'로 느껴진다면 삶 전체가 쓸모없다는 느낌에 사로잡히기 시작해요. 이런 상황이 반복되면 결국 마음과 행동의 패턴으로 굳어지고 맙니다. 세상 모든 일이 두려움의 대상이며 기분은 항상 거친 파도처럼 흔들립니다.

'자신을 칭찬하라'는 말에 불편함을 느끼는 사람들이 있습니다. 항상 남들보다 못하고 부족한 점이 많은데 어떻게 칭찬하라는 것인지, 단순한 칭찬 몇 마디로 기분이 좋아지는지 의문이 들기도 합니다. 물론, 칭찬 한마디로 바닥에 있던 자신감과 자존감이 드라마틱하게 바뀌지는 않습니다. 중요한 것은 내 삶을 다른 결로 보겠다는 결심, 그것을 시작하려는 용기입니다.

가벼운 마음으로 시작하는 칭찬 일기 STEP
:

1. 소소한 일상을 새롭게 바라보기

아주 사소한 행동도 칭찬의 대상이 될 수 있습니다. 어린 아기를 바라볼 때를 생각해볼까요. 우리는 아기가 짓는 표정이나 의미가 없는 단순한 옹얼거림에도 '잘한다, 예쁘다' 감탄하고 칭찬합니다. 마치 어떻게든 칭찬을 해주어야겠다는 태도로 말이지요. 그런 눈으로 볼 때 아기의 모든 행동은 참으로 아름답고 사랑스러워 보입니다. 아기가 천사처럼 느껴지는 것은 존재 자체로 예쁘기도 하지만 그렇게 바라보려는 태도의 영향도 있습니다.

오늘 내가 경험한 하루를 떠올려볼까요? 아침 알람 소리에 일어나 기상했을 테고, 잘 떠지지도 않는 눈을 부비며 몸을 일으켜 하루를 시작했을 것입니다. 간단하게 샤워하고 급히 챙겨 입고 직장으로 향해서 부지런히 일을 시작합니다. 해야 할 일은 쏟아지고 또 어떻게든 일을 하나둘 처리해가다 보면 퇴근 시간입니다. 그러니 돌아오는 길은 피곤하고, 답답하기만 합니다.

하지만 이 단순한 일상을 예쁜 아기를 보듯 조금은 다른 시각으로 본다면 어떨까요? 피곤하지만 제시간에 일어나는 일, 시간 맞춰 직장에 도착하는 일, 바빴지만 어떻게든 일을 잘 마무리한 것 모두 뜯어보면 '꽤 잘 해낸 일'입니다. 스스로 칭찬하지 못할 이유가 있나요?

칭찬의 기준을 너무 높게 잡지 않았으면 좋겠습니다. 최고로 잘한 것에 대한 특급 칭찬만이 삶을 앞으로 끌고 나가는 것은 아닙니다. Best, Good에 기준을 두면 삶은 늘 기준 미달이에요. 우리는 칭찬의 기준을 Not bad('나쁘지 않네!')에 두어야 합니다. 나쁘지 않은 하루라면 충분히 괜찮은, 칭찬받을 만한 하루입니다. 매일 마주치는 일상의 소소함을 새롭게 바라보는 태도는 매 순간 다른 경험을 하게 만들고 삶에 감사함을 선물합니다.

2. 거창하지 않게, 간단하게 기록하기

부끄럽지만 저는 초등학교 때 일기 쓰기 숙제가 무척 힘들었습니다. 매일 무엇인가를 일정 분량 이상 기록해내야 한다는 데 부담이 있었던 것 같습니다. 아마 저처럼 일기를 어렵게 생각하는 분들이 많으실 텐데, 칭찬 일기를 숙제로 보기 시작하면 지속성이 떨어질 수밖에 없습니다.

그러지 않으려면 거창하지 않게 일상을 아주 간단히 기록해야 합니다. 이전과 조금 다른 관점에서 내 삶을 볼 때, 경험하는 일에 대해 순간순간 기록을 남겨보는 것이지요. 디자인이 예쁘고 간편하게 사용할 수 있는 일기장이 시중에 많으니 적극 활용해보면 좋겠습니다. "나 오늘 정말 일어나기 싫었는데 일어났네, 참 수고했다", "오늘은 종일 집에만 있고 싶었는데 그래도 잠깐 산책을 하고 왔네. 날씨도 좋고 참 좋은 경험이었다" 이렇게 한두 문장으로 자신의 마음을 어루만지는 것입니다.

SNS에 간단한 사진과 기록을 남겨도 좋습니다. 내가 즐거웠던, 스스로 자신을 칭찬하는 순간을 상기할 때 마음은 더 만족스러워질 테지요. 순간이 쌓이면 나의 과거는 칭찬할 만한 역사가 됩니다.

3. 행동은 보상을 통해 강화된다

행동은 긍정적 보상을 통해 강화됩니다. 내가 한 행동에 대해 스스로 좋아할 만한 무엇인가를 허용하고 또 더해주는 것이 그 행동을 자주 하게 만들어요. 이를 정적 강화(Positive Reinforcement)라 합니다.

내가 한 칭찬 거리에 소소한 보상을 시작해보면 어떨까요. 할까 말까 망설이기만 하던 네일아트를 받아보고 늘 생각만 하던 카페에 가서 신기한 이름의 커피도 맛보고, 예쁜 옷을 쇼핑 장바구니에 담아보세요. 오늘 잘한 일을 떠올리면서요. 오늘 하루를 잘 살아냈으니 삶이 주는 선물을 받을 자격은 충분합니다. '잘하면 상을 주어야 한다'는 이야기는 어린아이에게만 적용되는 것이 아닙니다. 잘하면 자신에게 상을 주세요. 그러면 그 뿌듯함이 또 무언가를 할 수 있는 힘을 선사합니다.

그렇게 삶이 앞으로 나아가는 느낌은 우리를 바닥에서 끌어
올리고 마음의 평온함을 줍니다.

PART
2

흔들리는 마음이어도
편안하게

마음의 중심을 잡아가기 위한
새로운 시도

마음의 렌즈를 닦아내기

∙

마음의 중심을 잡아간다는 것은 어떤 느낌일까요? 상처를 주는 사람들 앞에서 우리 마음은 파도 위를 애처로이 떠다니는 조각배와 같아요. 이따금씩 불어오는 매서운 바람에 이리저리 휘청이는 작은 배 말이에요. 마음의 중심을 잡아가는 연습은 작은 배가 그 자리에서 멈춰 설 수 있도록, 풍랑을 견뎌낼 수 있게 무거운 닻을 내려주는 행위와 같습니다. 닻을 던져그 자리에서 멀리 떠밀려가지 않도록, 주변의 크고 작은 자극들에 더는 흔들리지 않게 하려는 노력이 바로 마음의 중심을 잡아간다는 느낌일 것입니다.

세차게 흔들리는 배 위에 서 있다고 생각해볼까요? 거품이 격렬하게 이는 파도는 우리를 집어삼키려 하고 몸이 날아갈 듯 부는 바람은 공포심을 자아냅니다. 파도와 바람 그 너머에 있는 진실들을 보지 못하게 만들지요. 또 세상에서 불어오는 많은 자극들은 마음이 그 자체로 온전히 존재할 수 없게 합니다. 굳건히 닻을 내린 배 위에 섰을 때 비로소 우리는 파도와 바람에 흔들리지 않고 주변을 있는 그대로 바라볼 수 있어요. 중심이 잡힌 마음은 주변을 찬찬히 관찰할 수 있는 여유를 제공합니다. 왜곡되고 비틀린 시각이 아닌 있는 그대로의 온전한 상태로 말이지요.

마음의 중심을 잡는 노력은 주위를 명료하게 볼 수 있도록 마음의 렌즈를 닦는 일과도 같아요. 때가 묻은 렌즈로 바라보는 세상은 흐릿하고 불투명합니다. 명쾌하지 않은 세상은 음울하고 두려우며 절망적인 감정을 자아내기도 합니다. 아주 작고 사소한 것들이 얼룩진 렌즈를 거치게 되면 불필요한 의미들이 들러붙게 됩니다. 그러면 내 삶에서 만나는 모든 것이 무겁고 부담스럽게 느껴질 뿐입니다.

그러니 우리는 마음을 들여다보며 알아차리고 렌즈에 묻은 먼지를 부지런히 닦아낼 필요가 있습니다. 좀 더 명료하게 나와 세상을 마주할 수 있다면, 자신의 마음과 삶에 대해서 더 뚜렷하게 윤곽을 그릴 수 있다면 불필요한 두려움에서 벗어날 수 있으니까요.

심리 치료에서는 각자의 삶을 자신만의 언어로 좀 더 명확하게 표현해나가는 작업을 합니다. 지금의 문제들을 해결하기 위해 과거의 이야기로 돌아가 살피는 일이 당장은 의미가 없다 느끼겠지만, 결국 삶을 찬찬히 이야기하면서 자신이 가졌던 렌즈를 알게 됩니다. 그리고 현재 느끼는 감정과 생각의 결이 생겨나는 과정을 통해 '내가 지금 이렇게 느끼는구나' 하고 알게 돼요. 너무 많은 것에 과한 의미를 부여하고 있었다는 사실도요. 당장 마주한 문제 자체에 초점을 맞추기보다 상황을 둘러싼 맥락을 또렷하게 깨달아가며 안도감을 느끼게 됩니다. 어두운 밤, 창밖에 흔들리는 것이 무서운 괴물인지 아니면 마른 나뭇가지인지를 명료하게 알아차릴 수 있다면 마음은 평온함을 되찾을 수 있습니다. 렌즈를 닦아내고 마음의 중심을 잡으려는 노력이 중요한 이유입니다.

노력한다고 마음이 바뀔 수 있을까요?
⋮

우리 마음의 결이 바뀔 수 있을까요? 당신이 삼십 대의 나이라면 서른 해에 가까운 시간 동안 켜켜이 쌓인 마음의 먼지를 털어내고 새롭게 빛을 비추어보는 시도가 어렵게만 느껴질 것입니다. 살아온 관성대로 사는 것이 가장 편할 테니까요. 세상에 나온 100여 가지가 넘는 심리 치료 방법들 모두 우리의 문제적 태도, 생각, 감정 심지어 성격까지 바꾸려는 시도를 해왔습니다. 유명한 프로이트의 정신분석에서 최근의 수용전념치료(ACT)와 마음챙김 명상까지, 결국 심리 치료는 우리의 삶과 마음을 어떻게 변화시킬 것인가에 초점을 맞추어 온 셈이지요. 방식은 모두 다르지만 그 목적과 방향은 비슷할 것입니다.

흔들리는 것들 사이에서 마음이 중심을 잡아나가는 과정은 두 가지로 요약할 수 있습니다. 첫 번째는 알아차리는 과정입니다. 내 마음의 약한 부분이 언제부터 생겨난 것인지, 어떤 과정을 통해 마음이 흔들리게 되었는지, 현재 내 삶에서 그 마음의 결이 무슨 영향을 미치게 됐는지 찬찬히 들여다보는 것입니다. 나를 흔드는 자극이 와닿는 순간 마음속에서 작동하는 것이 무엇인지를 알아차리는 연습을 하는 것이죠. 알아차림은 자극과 반응 사이에 잠시의 여유 공간을 만들어줍니다. 주변에 일어나는 자극들에 대해 이미 만들어진 뇌세포의 연결 경로를 습관처럼 따라가려는 순간, 알아차림은 쉼표를 찍어줍니다. 또 어디에 초점을 맞추어야 할지 알게 될 수도 있고요.

두 번째는 이전과 다른 건강한 선택을 하는 과정입니다. 여기서 '이전과 다른'이라는 말이 중요합니다. 알아차림을 통해 생긴 잠깐의 멈춤 동안 충분히 고민한 후 습관을 벗어나 다른 행동을 취해보는 것이지요. 현재의 수많은 습관은 오랜 세월 동안 반복되면서 삶에 깊이 스며들어 왔습니다. "세 살 버릇 여든 간다"라는 말처럼 습관과 버릇은 쉽게 바뀌지 않습니다. 우리 뇌는 이미 형성된 것을 덜어내는 식으로는 잘 작동하지 않으니까요. 특정 인식과 행동 패턴을 소거하는 데는 많은 조건이 필요합니다. 그리 성공적이지도 않고요.

하지만 같은 상황에서 잠시 멈춘 후 이전과 다른 행동을 반복하게 된다면 어떨까요? 뇌는 과거에 형성된 것을 없애는 데는 인색하지만 반복적인 새로운 패턴을 받아들이는 데는 꽤나 열려 있습니다. 즉, 기존의 패턴을 잊으려 하거나 없애기보다 새로운 패턴을 '덮어쓰기' 하면서 바꾸어나갈 수 있다는 말입니다. 이전과는 반대로 살아보려는 시도가 중요한 까닭이지요. 당신의 용기는 새로운 경험을 만들고 그것은 마음의 새로운 연결망을 만들어냅니다.

결심보다는 용기 있는 작은 선택을
:

결국, 흔들리지 않겠노라 결심하는 것만으로는 충분치 않습니다. 흔들리던 마음의 진폭을 줄이고 기분과 마음을 전과 다르게 다루려면 이전과 다른 행동을 선택하는 용기가 필요합니다. 지금 당장, 이 순간에 말이에요. 이는 높은 곳에서 뛰어내리는 용기와 비슷합니다. 망설여지지만 일단 뛰어내리기를 선택한다면 중간에는 멈출 수가 없어요. 착지할 때까지 그 과정이 이어지기 마련입니다.

이전과 다른 행동을 의도적으로 선택할 수 있다면 마음은 새로운 패턴들로 서서히 바뀌어갑니다. 물론, 그 과정이 결코 단순하게 일어나지는 않습니다. 수십 년 동안 몸에 스며든 패턴이 바뀌는 데는 시간과 부단한 노력, 운도 꽤 필요합니다. 심리 치료의 역사에서 셀 수 없이 많은 형태의 치료가 만들어진 것도 이런 어려움 탓일 거예요. 하지만 달리 본다면 마음을 대하는 방향을 잘 설정하고 그 길을 꾸준히 따라간다면 마음의 결은 얼마든지 바뀔 수 있습니다.

"그럼 뭐 어때", "할 수 없지 뭐"라는 말의 재발견

지금 입 밖으로 내는 말들이 마음과 태도를 결정한다면
⋮

"뇌는 시간이 지나며 쇠퇴할 뿐이다." 한때 과학계에서는 인간이 성장한 후에는 뇌를 이루는 세포들이 안정화되며 이후에는 더 성장하지 않고 점차 소멸할 뿐이라는 이야기가 정설로 여겨졌습니다. 하지만 2000년대 초반 많은 연구에서 뇌는 끊임없이 성장하고 학습함을 밝혀냈습니다. 나이와 상관없이 새로운 자극이 뇌에 새로운 신경전달 통로를 만들며 이와 관련된 신경 세포들이 새로운 연결망을 형성하는 것이죠.

우리가 일상에서 만나는 모든 것들이 뇌를 자극합니다. 특히 균일한 형태로 반복되는 자극은 뇌에 새로운 길을 내기도 합니다. 뇌는 일상의 감각과 행동에 반응하여 천천히 조형되고 그렇게 습관이 만들어집니다. 삶에서 느끼고, 생각하고, 행동하는 패턴은 뇌가 오랜 시간 동안 여러 자극을 받으며 숙성해낸 경로에서 비롯되는 것이지요.

"내가 사용하는 언어의 한계가 내가 사는 세상의 한계를 규정한다." 영국의 철학자 비트겐슈타인의 말입니다. 불쾌함, 짜증, 화…… 사람들은 불편하고 부정적인 기분을 말과 행동으로 쉽게 표현합니다. 인상을 찌푸리거나 큰 소리가 나도록 물건을 거칠게 놓습니다. 혹은 혼잣말로 기분 나쁘게 하는 이의 욕을 중얼거리기도 해요. 나쁜 기분을 거칠게 표현하는 방식이 반복되면 그 역시 뇌에 지속적인 자극을 줍니다.

"내 기분을 굳이 감출 필요 없어."
"기분 나쁘니까, 나는 내 마음대로 행동할 거야."
"당신이 다 잘못한 거야, 전부 다."
기분과 마음을 다루는 방식이 서툴고 건강하지 못한 형태라면 뇌는 점차 거기에 길들여지고 익숙해질 거예요. 뇌의 세포들은 부정적 언어에 반응하여 이와 관련된 새로운 연결망을 만들어버립니다. 또 부정적 언어로 유발되는 호르몬 코티솔(Cortisol)은 뇌세포와 뇌 구조를 파괴하고 위축시킵니다. 2013년 하버드 대학교의 마틴 타이커 박사의 연구팀은 성장 과정에서 지속적인 욕설에 노출된 사람의 뇌를 연구한 결과, 뇌량과 전두엽, 해마 등 인간의 사회성, 이성과 기억을 담당하는 뇌 부위가 쪼그라들어 있음을 밝혀냈습니다. 이처럼 언어와 뇌는 명확한 상관관계를 가집니다. 결국, 시간이 점점 지나면서 기분을 잘 다스리고, 위안하며멀리 두고 보기보다 감정을 쉽게 폭발시키거나 기분에 이리저리 휘둘리는 패턴을 갖게 됩니다.

그런 점에서 각자가 일상적으로 사용하는 부정적 언어와 행동을 살피는 일은 무척 중요합니다. 자신이 분노조절 장애라 느낀다면 분노를 너무 쉽게 방출해버리는 패턴의 기저에 있는 언어적 습관을 살필 필요가 있습니다.

"난 반드시 ~을 해야 해. ~가 되어야 해."
"아직 부족해, 한참 남았어."

"이것을 지금 하지 못하면 큰일 나."

우리가 쉽게 뱉는 말들은 뇌를 조금씩 변화시켜 갑니다. 기분에 관련된 태도와 인식뿐 아니라 마음속에서 맴도는 말들, 습관적으로 하는 말들이 자신을 옭아매는 경우는 너무도 많아요. '반드시 해야 한다'는 필요 이상의 당위성, 가혹할 정도로 높은 기준, 앞으로 일어날 일에 대한 과도한 경계와 해석이 담긴 말들을 스스로 쏟아낸다면 뇌는 삶에 대해 과한 경계심을 갖게 됩니다. 일상적으로 던지는 말이 삶에 영향을 미치는 것이지요.

세 마디의 짧은 말이 주는 힘

눈을 감고 다음의 말들을 가만히 읊조려 봅시다. 충분히 감정을 실어서요.

"괜찮아."

"좋았어."

"이 정도면 충분해. 차고 넘쳐."

"하는 데까지 하자, 좀 부족하면 어때."

어떤 느낌이 드나요? 당신이 경험하는 대로입니다. 마음이 흔들릴 때 이런 말을 먼저 중얼거리게 된다면 눈앞의 문제는 어떻게 느껴질까요? 나와 타인을 탓하는 날 선 말이 아닌 위안하는 긍정의 언어는 상황을 대하는 느낌을 변화시킵니다. 그러니 우리는 의도적으로, 의식적으로 위안이 되는 긍정의 말들을 입버릇처럼 연습할 필요가 있습니다.

완벽하지 않아도 잘하지 않아도 충분히 괜찮습니다. 스스로 설정한 기준을 노력해서 넘어서지 않으면 무슨 큰일이라도 벌어질 것 같은 불안감이 들지만 그런 나쁜 일은 일어나지 않아요. 하지만 이런 사실은 입에서 습관처럼 튀어나오는 부정적인 언어에 가려지기 쉬워요. 일상적인 말은 생각을 바꾸고 상황을 대하는 태도를 바꿉니다. 언어는 인지의 중요한 영역이기 때문입니다. 그러니 자신을 응원하고 지지하는 말을 마음에 많이 새기고 또 남겨놓아야 해요. 두루뭉술하게, 구렁이 담 넘어가듯 하는 말투, 쉼이 되는 표현을 연습해야 합니다.

영화 「올드보이」 박찬욱 감독의 일화입니다. 딸이 가훈을 적어오라는 숙제를 받아오자 그는 고민 끝에 "아니면 말고"라 대답했다 합니다. 황당하고 재미있는 일화처럼 생각할 수도 있지만, 그 말의 힘은 생각보다 강력합니다. 아무리 힘을 써보아도 안 되는 것은 안 되는 것입니다. 인생의 고통 중 많은 부분은 '내가 통제할 수 없는 것을 통제하려 할 때' 일어나니까요. '아니면 말고'라는 말을 자주 읊조릴 수 있다면 많은 것을 자연스레 놓아줄 수 있어요.

"절대 그럴 수 없어!"라고 말하고 싶은 상황에서 한 박자 쉬고 "그럼 뭐 어때?"라고 이야기해봅시다. "그런 일은 일어나면 안 돼!"라는 생각이 든다면 "할 수 없지 뭐"라는 말을 반복해보세요. '반드시 ~을 해야 해'라는 식의 당위적 진술은 시야를 좁게 만듭니다. 넓은 길을 놔두고 아주 좁은 외나무다리를 위태롭게 건너려는 행동과 같습니다. 세상 어디에도 반드시 그래야 한다는 법칙은 없는데 말이에요. 마음을 흔드는 사건 앞에서도 잠시 웃고 넘어가는 언어적 여유는 삶에 많은 공간을 제공합니다. 뇌는 정직하게 우리의 언어를 깊은 곳에 새길 것이며 긍정적 언어가 만든 새로운 뇌의 경로는 마음을 더 단단하게 만들어줄 거예요.

출렁이는 마음도 잠재우는
편안한 호흡 이완

마음이 힘들 때 몸도 같이 아픈 이유

⋮

삭막하고 답답한 사무실 안, 방금 상사에게 한 소리를 들은 수현 씨는 가슴에서 울화가 치밀어 오릅니다. 자신의 실수도 아닌 일인데 부장님은 사람들 보고 다 들으라는 듯 수현 씨를 탓했거든요. 한숨을 내쉬던 그는 갑자기 가슴 한쪽이 뜨거워지더니 이내 어지럽고 숨이 안 쉬어지는 듯한 느낌을 받았습니다. 사무실 안이 좁고 답답한 동굴처럼 느껴져 가슴을 움켜쥐고 밖으로 나와 거친 숨을 몰아쉬었습니다.

스트레스를 심하게 받았던 날, 그 순간 가슴이 답답해지고 심장이 빠르게 뛰거나 머리가 핑 도는 어지러움을 경험한 적은 누구나 있을 거예요. 스트레스는 대개 짜증, 불쾌감 등의 내적 기분으로 먼저 옮겨갑니다. 하지만 짧은 기간 강렬한 스트레스를 받거나 해소되지 않은 채 점점 누적되어 임계점을 넘게 되면 그때부터는 몸으로 나타나게 됩니다. 바로 스트레스의 신체화 반응(Somatization)입니다.

우리 몸에는 호흡, 혈압, 맥박 등의 생리작용을 조절하는 자율신경계가 존재합니다. 스트레스는 자율신경계 중 흥분을 담당하는 교감신경계를 자극하게 되고 그 결과 폐와 심장, 근육과 혈관 등 모든 기관이 활성화됩니다. 심장은 힘차게 펌프질을 하고 호흡은 가빠지며 근육은 긴장되고 혈관은 수축하는 등 동시다발적 신체 변화가 나타나는 것이지요. 강렬한 스트레스가 우리 기분과 몸 전체를 흔드는 셈입니다.

그렇다면 스트레스가 우리를 휘감고 마음을 들끓게 만드는 순간 할 수 있는 일은 무엇일까요?

심호흡이 아닌 깊고 느린 복식 호흡 연습하기

:

사람들은 흔히 "답답하면 심호흡 좀 해봐. 괜찮아질 거야"라고 권유하고는 합니다. 그래서 깊은 숨을 쉬어보지만 더 답답해지는 경우도 참 많아요. 심호흡에도 요령과 방법이 있어요. 단순히 깊은 숨을 쉬려는 노력은 역설적으로 불편함을 더 키우기도 하거든요.

심호흡은 말 그대로 깊은(深) 호흡입니다. 하지만 스트레스가 꽉 차 있을 때의 심호흡은 어깨만 요란하게 들썩일 뿐 시원하지 않습니다. 왜냐하면 스트레스가 심할 때 몸은 기본적으로 얕고 빠른, 가슴으로 하는 호흡(흉식 호흡)을 하기 때문이에요. 가뜩이나 가슴으로 숨을 쉬는데 가슴을 한껏 부풀려 숨을 내쉰다면 더 답답해질 수밖에요.

우리는 깊고, 느린 배로 하는 복식호흡을 의도적으로 연습해야 합니다. 빠른 호흡은 체내에 산소 농도를 과도하게 증가시켜 가슴 답답함뿐만 아니라 어지럼증과 손발 저림의 원인이 됩니다. 그럴 때는 느린 복식호흡으로 호흡의 속도를 조절할 수 있습니다. 또 배와 가슴을 나누는 횡격막이 복식호흡을 통해 위아래로 움직일 때 결과적으로 우리 몸을 진정시키는 신경계인 부교감신경계를 지속해서 자극하게 됩니다. 이는 좀 더 빠르고 효율적으로 몸과 마음을 진정시킵니다.

배와 가슴에 손을 얹고 빨대로 주스를 마시듯 입을 둥글고 작게 열어 천천히 호흡을 들이마셔 봅시다. 이때 가슴은 움직이지 않고 들이마시면서 배가 한껏 위로 올라가는 느낌에 집중해야 합니다. 내쉬면서는 다시 배가 천천히 꺼지고 공기는 천천히 입을 통해 빠져나옵니다. 호흡을 할 때는 눈을 감고, 배가 올라갔다 내려가는 느낌 혹은 바람이 코와 입을 통해 몸 안으로 들어가고, 다시 기도를 거쳐 밖으로 나오는 느낌에 최대한 집중해야 합니다. 호흡을 하는 순간만큼은 짧은 명상을 하는 것과 같아요.

스트레스가 내 몸과 마음을 달굴 때 잠시 자리를 피해 조용한 곳에서 몸으로 호흡을 충분히 느끼며 깊고 느린 호흡을 하다 보면 몸과 마음은 잠시나마 휴식 모드에 들어갈 수 있습니다. 호흡은 따로 가지고 다니거나 다른 준비가 필요하지 않아요. 원하면 언제든, 어떤 상황이든 바로 사용할 수 있는 구급

약과 같습니다. 마음의 중심을 잡기 위해 시간을 들여 연습할 이유가 충분하지요.

호흡으로 몸과 마음을 편안하게
:

다음은 조금 더 깊이 들어가볼까요. 공황장애와 같은 불안 관련 장애의 치료에서는 심호흡을 '호흡 이완 훈련'으로 응용합니다. 호흡 이완 훈련은 깊은 호흡과 더불어 편안한 느낌을 몸과 마음에 저장하는 방법이에요.

시작은 아무도 없는 편안한 장소에서 편한 의자에 앉습니다. 배와 가슴에 손을 얹고 천천히 숨을 들이마시며 속으로 숫자를 셉니다. 그리고 풍선처럼 부풀어 오른 배가 다시 쪼그라들 때 천천히 호흡을 내쉽니다. 이때 속으로 '편안하다'는 말을 되뇌며 온몸의 힘을 쫙 뺍니다. 마치 문어 같은 연체동물이 의자 위에 널브러지듯이요. 이렇게 들숨에는 수를 세고 숨을 내쉴 때는 이완되는 몸의 감각에 최대한 집중하며 약 2~3분가량 충분히 반복합니다.

이완은 몸이 한껏 긴장되었다가 풀어질 때 더 잘 느껴집니다. 팔을 펴고 이완을 느끼려 하면 아무것도 느껴지지 않아요. 하지만 팔을 한껏 힘을 줘 구부렸다 편다면 팔이 이완되고 편안한 느낌을 받을 수 있어요. 들숨에서 복부의 긴장감을 느끼고 날숨에서 온몸이 늘어지는 이완을 반복하며 느낄 때, 뇌에서는 호흡과 편안한 느낌을 연결 짓기 시작합니다.

호흡 이완 훈련은 처음에는 조용하고 평온한 분위기에서 시작하기를 권유합니다. 평소에 호흡과 이완을 충분히 연결시키고 나면 답답하고 불편한 기분이 드는 상황에서도 몸과 마음에 저장해둔 이완을 좀 더 쉽게 끄집어낼 수 있으니까요. 전반적인 각성도를 줄이기 위한 호흡 훈련은 몇 주간 하루에 일정 시간 간격을 두고 주기적으로 하는 것이 좋습니다. 시간이 지나면서 기본 호흡 상태가 흉식이 아닌 느리고 깊은 복식 호흡으로 자연스레 바뀌게 됩니다. 스마트폰 알람이나 화장실 사용 등의 신호와 연결해 시도하는 것도 도움이 됩니다. 몇 주의 시간이 지나면 일상적인 호흡도 점차 깊고 느린 형태로 변해감을 발견할 수 있을 거예요.

마음 건강을 위한
나만의 세 칸 필터 만들기

마음은 외부 자극 때문에 흔들리는 것이 아니에요
:

사람의 마음이 흔들리는 이유는 다양합니다. 그중 하나는 마음에서 일어나는 건강하지 않은 생각 탓입니다. 우리는 주변 상황을 있는 그대로 받아들이지 못해요. 항상 자신이 가진 특유의 관점과 시각을 통해 받아들이게 됩니다. 이러한 인지 습관이 워낙 굳어 있기에 그 생각의 합리성 여부를 따지기란 쉽지 않아요. 사람은 늘 해오던 관성대로 살아가니까요.

하지만 그 생각의 습관에 미묘한 왜곡이 숨어 있는 경우는 참 많아요. 그 오류는 스트레스가 극심한 상황, 감정의 촉이 강해진 때에 더 크게 마음을 흔듭니다. 누군가 던진 한마디, 한 번의 눈짓은 기분을 바닥으로 떨어지게 해요. 마음은 이런 면에서 참 취약합니다.

자신이 흔들리고 있음을 바로 알아차린다면 나를 괴롭히는 말, 상황, 대상을 잘 걸러서 받아들이는 연습이 필요합니다. 마음이 불편한 이유를 눈앞에 일어난 사건, 저 사람의 탓이 아닌 상황에 과한 의미를 부여하고 있는 자신에게서도 찾아보는 거예요. 시간과 공을 들여 잘 다듬은 건강한 반응을 하기 위함입니다. 말하자면 외부 자극이 나에게 영향을 미치는 과정에 건강한 필터 한 겹을 덧씌우는 것과 같아요.

나를 너무 싫어하는 누군가가 주변에 있다고 가정해보겠습니다. 그런 사람이 주변에 있다면 자연히 불쾌해집니다. 너무 당연한 반응이에요. 이때 어떤 이는 '나를 싫어하는 사람이 있다는 게 너무 끔찍해'라는 식의 생각을 하거나 그 사람만 보면 위축되고 겁이 나 일이 손에 잡히지 않을 수도 있습니다.

매일 그 사람이 자신을 노려보는 꿈을 꾸며 잠을 설칠 수도 있고요.

하지만 정반대의 성향을 가진 이는 그 사실에 어떻게 반응할까요? 아마도 이럴 것입니다. "그렇게 생각해? 나는 상관없어. 그건 뭐 네 생각이니까. 네가 편한대로 생각하렴." 물론, 후자도 사회생활에 조금은 애로 사항이 있으리라 예상되지만 분명 양극단 사이의 적절한 절충은 필요해 보입니다.

중요한 점은 두 사람이 같은 상황을 다르게 받아들였고 반응도 달랐다는 것입니다. 때로 자신의 마음이 격렬하게 흔들린다면 질문을 던져봐야 합니다. '내가 이 상황을 어떻게 받아들였기에 이렇게 기분이 나쁜 거지?' 하고요. 상황에 다소 과한 의미를 부여한 것은 아닌지 혹은 너무 의미 없이 에너지를 쏟은 것은 아닌지 거리를 두고 바라보아야 해요. 늘 하던 대로가 아니라 상황을 좀 더 건강한 필터로 한 차례 걸러 온건하게 받아들이려 노력해야 합니다. 습관적 반응이 아닌 선택적 반응을 하는 것이지요.

사람의 마음은 외부 자극 때문에 흔들리는 것이 아닙니다.

그 자극에 의미를 부여하고 받아들이는 방식이 마음에 난 상처의 크기를 결정하는 것이지요. 앞의 예는 꽤 극단적이지만 우리가 겪는 여러 상황에서도 이런 일은 흔합니다. 오늘따라 표정이 굳은 친구가 내 마음을 불쾌하게 하지만 어제 연인과 헤어졌다는 사실을 알고 나면 또 안쓰러워지지요. 같은 상황이지만 이전과 다른 시각과 의미로 받아들일 수 있다면 마음의 흔들림은 훨씬 줄어들 수 있습니다. 빛이 비추는 곳 뒤에는 그림자가 있듯 모든 상황에는 다르게 받아들일 수 있는 측면이 분명히 존재하니까요.

세 칸으로 연습하는 마음 필터링

:

상황에 대해 좀 더 건강하고 합리적인 의미를 부여하는 연습을 해봅시다. 그것은 바로 상황을 건강하게 걸러 받아들이는 마음 필터링입니다. 단 세 개의 칸을 채워보는 것만으로 간단하게 연습할 수 있는데, 인지행동치료의 인지 재구조화(Cognitive Reconstruction) 기법을 응용한 방법입니다.

먼저 노트에 세 개의 칸을 만듭니다. 첫 번째 칸에는 지금 흔들리는 자신의 기분을 적어봅니다. 우울함, 서글픔, 절망, 짜증, 분노, 불안, 초조함 같은 느낌들이지요. 0에서 100점까지 감정의 정도를 평가하는 것도 좋습니다.

두 번째 칸에는 지금의 기분과 관련된 자동적이고 습관적인 생각을 적어 넣습니다. 이를 자동적 사고(Automatic Thought)라고 합니다. 우울함이나 슬픈 기분은 개인적인 좌절, 상황에 대한 절망적 인식('나는 항상 실패만 하고 있어. 앞으로도 이럴 거야') 혹은 자신에 대한 과한 비난('나는 정말 쓰레기야. 가치가 없는 인간이야')과 연결됩니다. 불안과 초조한 기분은 위험하거나 고통스런 일이 벌어질 거라는 과한 예상('이 문제가 점점 심해져서 걷잡을 수 없어질 거야', '이 고통은 계속 이어질 거야')에서 나타나는 경우가 많아요. 짜증, 화, 분노는 상황이나 대상에 대해 느끼는 부당함('이건 말도 안 돼. 저 사람은 나를 무시하고 있어!')에서 비롯됩니다. 격렬한 기분 변화가 나타날수록 기분과 연결된 생각은 오류투성이입니다. 자신이 이 상황을 너무 과하게 받아들이고 있는 것은 아닌지 차분히 기록하며 여유를 찾아야 합니다.

마지막 세 번째 칸에는 좀 더 건강하고 합리적인 생각을 적습니다. 잠깐 상상력을 동원해볼까요. 우리 마음이라는 넓은 영역에는 '불안한 나', '우울한 나', '나를 비난하는 나', '건강한 나' 등 다양한 부분이 존재합니다. 이 모습들은 순간의 상황, 감정에 따라 시시각각 변합니다. 지금 이 책을 읽으며 자신을 헤아려보는 이의 마음 안에는 책에서 위안을 얻고 앞으로 나아가고자 하는 '건강한 나'가 자리 잡고 있을 테고요.

마지막 칸에서는 이 '건강한 나'가 슬프고 불안한 자신을 다독여주며 하는 말을 적습니다. '굳이 이 상황을 그토록 힘들게 받아들일 필요가 있어?', '이 생각을 이렇게 받아들이고 붙잡는 것이 나에게 도움이 될까?' 하는 질문을 던지거나 상황을 현실적으로 짚어주는 말들, 이를테면 '실패했지만 다른 영역에서는 충분히 잘해오고 있잖아'라는 말도 좋습니다. '내가 사람 마음을 어떻게 읽어?', '너무 먼 미래까지 앞서 걱정하지는 말자'라며 자동적 사고에 숨어 있는 인지적 오류를 살펴 이야기하는 것도 생각을 전환하는 데 도움이 됩니다. 이런 식으로 상황을 새로운 인식을 통해 걸러서 받아들이며 좀 더 건강한 이야기를 '끼워 넣기'해보는 것이죠.

마음 안에 건강한 영역이 넓어지려면 그 상태에 가능한 오랫동안 머물러야 해요. 건강함이 꼭 긍정과 밝음만을 의미하지는 않습니다. 건강한 시각이란 보다 현실적이고 합리적으로 전체를 아울러 일정 거리를 두고 보는 균형 잡힌 시각에 가깝습니다. 지금 이 순간 취약하고 고통스런 감정 상태에 빠져들려 한다면 좀 더 건강한 측면에 머무르며 인식하고 행동하려는 연습이 필요합니다.

필터링 연습이 너무 간단해 별것 아닌 듯 느껴진다고요? 당연합니다. 한 번의 시도만으로는 드라마틱한 변화를 일으킬 수 없어요. 하지만 아주 잠시라도 마음의 습관에서 벗어나 다른 관점에서 자신을 보는 연습은 분명 단단하게 굳은 습관에 작은 균열을 만들 것입니다. 당연히 그 연습은 반복되어야 하고요. 일기나 블로그의 비공개 글, 가지고 다니는 다이어리 등에 세 칸을 만들어 기록해봅시다. 짧게라도 좋으니 자주, 오래 반복할수록 마음의 중심은 더욱더 단단해질 것입니다.

흘러넘치기 전에
안팎으로 스트레스 관리하기

피해갈 수 없는 자극들로 언제나 흔들리는 마음
:

"스트레스는 만병의 근원이다." 아마 현대인이라면 누구나 공감하는 말일 테지요. 사람들은 무수히 많은 스트레스에 노출돼 있습니다. 인류의 진화가 우리를 번영케 했지만 삶의 형태는 너무 복잡해지고 그 속도는 빨라졌습니다. 다들 아침에 눈을 뜨면서부터 오늘 있을 일들에 대해 염려하고 일하는 내내 온갖 자극에 시달립니다. 밤에 눈을 감고 잠이 드는 순간까지도 불편한 생각의 끝자락을 붙잡고 있을 때가 많아요. 종일 스트레스에 시달리는 셈이지요.

스트레스가 해롭다는 것을 모르는 사람은 없을 거예요. 스트레스는 몸과 마음에 너무나 큰 영향을 미칩니다. 몸의 면역체계를 무너뜨리고 염증 반응을 비롯한 신체의 과잉 활성화를 일으켜 암이나 고혈압, 당뇨병 같은 만성 질환의 원인이 되기도 해요. 또 부정적인 심리 자극은 우울, 불안, 공포, 분노와 같은 감정을 자아내고 다양한 정신과 질환으로 이어집니다.

스트레스를 잘 관리해야 한다고 입버릇처럼 말하지만 정작 어떻게 해야 할지 명확한 기준을 가진 사람은 많지 않을 것 같아요. 피해갈 수 없는 자극들로 흔들리는 마음은 어떻게 다루어야 할까요?

당장 해결할 수 없다면 내버려두기 : 외적 스트레스 관리

스트레스는 크게 두 가지 범주로 나누어 생각해야 합니다. 하나는 나를 둘러싼 환경적 요인, 즉 외적인 스트레스이며 다른 하나는 마음 안에 담긴 내적인 스트레스입니다.

외적 스트레스 관리에 가장 중요한 것은 나를 괴롭히는 스트레스 요인들을 정리하는 일이에요. 그저 '괴롭다'는 마음만으로 전전긍긍할 것이 아니라 우선 나를 둘러싼 불편한 것들을 차분히 적어 내려가는 것입니다. 인간에게는 모호한 것, 아직 확실치 않은 미지의 대상에 두려움이 있습니다. 원시시대에 인류의 조상이 지평선 근처에 어른거리는 그림자에도 큰 두려움을 느껴야 했던 것처럼 말이지요. 마음속에 정리되지 않은 문제들이 많다면 그 윤곽을 잡아보고 눈으로 확인하는 것만으로도 불편함이 덜어집니다.

나를 둘러싼 문제가 어느 정도 명확해진다면 그다음은 분류 작업을 해야 합니다. 스트레스 요인을 당장 해결할 수 있는 것과 지금 당장 해결할 수 없으니 내버려 두어야 할 것들로 나누는 것이지요. 만약 지금 해결할 수 있는 문제라면 가능한 빨리 그 일들에 마침표를 찍어야 합니다. 눈앞에 쌓인 과도한 업무로 고통받고 있다면 회사 측과 상의하여 업무를 다시 분배하거나 굳이 완벽을 기하지 않아도 되는 일이라면 최대한 힘을 빼고 기계적으로 마무리해야 합니다.

반대로 지금 해야 하는 일이 너무 큰 덩어리라면 잘게 쪼개

보는 연습도 중요합니다. 두꺼운 책 한 권을 공부하는 일은 굉장히 큰 부담이지만 매일 10페이지씩만 집중할 수 있으면 시간이 걸려서라도 그 책을 완독할 수 있습니다. 아주 작은 조각은 부담스럽지 않지만 큰 덩어리의 일은 바라보는 것만으로도 괜히 답답하고 엄두가 나지 않아 미루게 됩니다. 그렇다면 심적 부담은 더욱 커질 수밖에요. 부담감이 일을 계속해서 미루게 만드는 것이지요. 작은 조각의 일을 하나하나 해치워 가며 성취감을 쌓는다면 더 크고 많은 일도 해낼 수 있게 됩니다. 엄두가 나지 않는 일이 있다면 1/10, 아니 1/100로 쪼개어 시작해봅시다.

당장 해결할 수 없고, 시간이 한참 지나야 끝낼 수 있는 일이라면 그냥 내버려두는 결단도 필요합니다. 당장 결과를 알 수 없는 투자, 아직은 결론짓기 어려운 인간관계는 굳이 과하게 에너지를 쏟지 않아야 해요. 우리가 가진 에너지는 한계가 있기에 나를 둘러싼 스트레스 요인의 우선순위를 정해보는 일은 무척 중요합니다. 지금 고민하는 많은 일들 중 당장 하지 않아도 되는 것들이 꽤 많다는 사실을 인지하기만 해도 기분은 한결 나아집니다. 당장 해결할 수 없는 일은 마음 한쪽에 밀어놓으면 됩니다. 언젠가 그 일이 무르익을 때 다시 들여다 보면 되는 거예요.

몸과 마음의 여유가 가장 중요해요 : 내적 스트레스 관리

:

내적 스트레스 관리에서 가장 중요한 것은 휴식입니다. 물리적인 시간의 여유가 몸과 마음의 여유로 연결되기 때문입니다. 우리 몸은 에너지를 무한정 찍어내는 공장이 아니에요. 체력과 정신력의 한계는 있는 법입니다. 그러니 이따금 소진된 배터리를 충전하는 시간을 가져야 합니다. 이때 '반드시 잘 쉬어야 한다'라는 강박을 갖지는 않아도 돼요. 하루를 다 비우는 휴식이 필요한 것도 아닙니다. 그저 쉼 없이 돌아가던 몸과 마음에 '잠시 멈춤'을 제공하기만 하면 됩니다. 주말 중 단 3~4시간만이라도 외부와의 접촉 없이 혼자 멍하게 있는 시간을 가져보세요. 꼭 무언가를 하지 않아도 좋아요. 요즘 불멍, 물멍이 유행하는 것도 이러한 이유 때문인 것 같습니다. 그 시간에는 의도적으로 해야 할 일에 대한 생각은 잠시 꺼두어도 좋습니다.

자신이 원하는 것, 좋아하는 활동을 찾는 일도 중요합니다. 취미 생활이 스트레스가 된다는 사람들이 생각보다 많아요. 정말 하고 싶은 것이 아닌 해야 하는 것으로 받아들인 탓입니다. 몸과 마음은 지쳐 있지만 안타깝게도 남들 보기에 그럴싸한 취미 찾기에만 몰두하는 이도 있습니다. 내면에 도움이 되는 활동은 두 가지 측면을 생각해보아야 해요. 하나는 얼마나 그 활동을 하며 즐거운지(자발적 즐거움), 또 하나는 그 활동이 자신의 성장에 얼마나 도움이 되는지(성취감)입니다. 재미가 있으면서 내 안에 조금씩 쌓아나가는 느낌을 받는 활동은 온갖 스트레스에 시달려 흔들리는 마음의 내면을 단단하게 하는 데 도움이 됩니다.

스트레스 상황을 다른 관점에서 거리를 두고 관찰하는 연습도 도움이 됩니다. 스트레스 자체보다 그것을 받아들이는 자신의 마음도 살펴야 합니다. 스트레스는 기분을 흔들고 기분이 흔들리는 상황에서 바라보는 것들은 왜곡되기 마련입니다. 작은 일도 너무 크게 바라보게 되거나 타인이 그냥 툭 던진 말이 날카롭게 가슴에 꽂히게 돼요. 스트레스로 몸과 마음이 과열되어 있다고 느낀다면 의도적으로 주변의 것들에서 거리를 두는 편이 좋습니다. 신경이 쏠리는 순간을 알아차리고 주의를 잠시 쉴 수 있는 대상에 두는 것이지요. 그 대상은 즐거웠던 순간을 기록한 사진, 친구와 나눈 대화, 잠시 웃음을 찾을 수 있는 예능 프로그램과 같은 것들입니다.

몸과 마음이 과열됐다는 신호 포착하기
:

물론, 스트레스 관리에서 가장 중요한 요소는 몸과 마음이 얼마나 과열되었는지 그 상태를 잘 관찰하는 일입니다. 몸과 마음이 힘들어서 이제 좀 쉬면서 하자고 신호를 계속 보내는데도 그것을 감지하지 못하다 더 큰 문제로 번지는 경우가 참 많아요. 내부에서 울리는 알람을 무턱대고 무시할 것이 아니라 그 의미에 대해 생각해볼 필요가 있습니다.

우리 몸과 마음을 스트레스를 담을 수 있는 그릇으로 생각해볼까요? 자신이 감당할 수 있는 임계점을 넘어설 때 스트레스는 신체화 반응으로 몸 곳곳에서 나타나기 시작합니다. 이는 그릇 안 스트레스의 수위가 너무 높아져 밖으로 조금씩 흘러넘치고 있다는 증거예요.

이유 없는 답답함이 들어 자주 한숨을 쉬거나 가슴이 두근거리고 어지러움을 느끼나요? 자주 체하거나 몸 여기저기가 쑤시고 아픈 느낌이 든다면 좀 더 적극적으로 몸과 마음을 돌봐야 한다는 신호로 받아들여야 합니다. 스트레스가 우리를 점령하기 전에 충분히 살피고 관리하는 노력이 필요한 이유입니다.

스스로에게도
친절한 어른이 되어주세요

우리 마음속에 살고 있는 작은 아이

:

"한때 우리 자신이었던 어린아이는 일생 동안 우리 내면에서 살고 있다." 정신분석학의 창시자 프로이트의 말입니다. 그의 말처럼 우리 마음에는 작은 아이가 있습니다. 단순히 문학적 표현이 아닙니다. 심리학이 우리 삶에 들어온 후로 오랜 기간 동안 심리학자들은 마음속의 여리고 취약한 존재에 대해 이야기해왔습니다. 정신분석, 스키마 치료, 게슈탈트 치료 등에서는 내면의 아이를 치유의 대상으로 삼기도 하고요.

우리는 모두 유년기를 거쳐 성인이 되었지만 어린 시절에 겪었던 감정은 이따금 수면 위로 올라옵니다. 저는 마트에서 장을 보다가도 장난감 코너를 기웃거리며 어릴 때 가지고 놀던 블록이며 게임기 등을 구경할 때 왠지 모르게 신이 나고는 합니다. 그럴 때면 행복한 아이와 같은 마음입니다. 반대로 야근에 내내 시달리다 어둡고 텅 빈 방에 돌아왔을 때, 눈물이 핑 돌며 세상에 홀로 남겨진 듯 먹먹한 느낌이 드는 순간은 슬프고 외로운 아이와 같을 것입니다.

일상적으로 접하는 순간의 상황에 따라 마음의 모드가 바뀝니다. 건강하고 성숙한 어른의 모습이었다가 때로는 아이의 마음으로 돌아갑니다. 직장에서의 엄숙한 '나' 뒤에 앞뒤 걱정 없이 흐트러진 모습 혹은 마음을 방어하는 경계선 없이 취약한 모습 모두 숨어 있습니다.

어린아이는 과거에 내가 받았던 상처의 상징이기도 합니다. 트라우마와 관련된 작은 단서를 만나는 순간, 우리 머리에는 섬광과 같은 기억(Flashback)이 번쩍 떠오릅니다. 그때의 감정과 기억이 되살아나고 마치 그 자리에서 예전의 상처가 다시금 재현되는 것만 같아요. 부모님 사이에서 오가는 고성을 통해 느꼈던 불안함, 친구들의 따돌림에서 느낀 고립감, 두려움 같은 감정들도요. 마음속 아이는 트라우마가 머릿속에서 재현되며 나를 휘감는 순간 분명 힘겨워 하고 있을 것입니다.

어른이 된 내가 그때의 나를 안아줄 수 있다면
:

마음속에 아이가 있음을 알게 되는 것은 우리가 가진 감정의 기억 원형을 알아차리는 과정입니다. 아이의 목소리에 귀를 기울일 수 있다면 그 감정의 깊은 곳과 마주할 수 있습니다.

마음속 아이에게 접촉하는 것은 그리 어렵지 않아요. 아이와의 연결 고리는 내가 지금 느끼는 감정입니다. 감정이 묻어있는 기억은 무미건조한 명시적 기억보다 더 또렷한 법이니까요. 마음이 크게 출렁일 때면 잠시 눈을 감고 지금 마음의 느낌과 연결된 기억을 떠올려 봅시다. 분명 어떤 장면이 눈앞에 떠오를 거예요.

거기서 아이는 어떤 모습인가요? 누구와 함께 있나요? 두려운 누군가와 함께 있어 긴장하며 바들바들 떠는 모습일 수도 혹은 사랑하는 누군가를 떠나보낸 후 큰 상실감에 슬퍼하는 모습일 수도 있습니다. 그 장면에서 아이는 어떤 마음일까

111

요? 두렵고 공포스러운가요? 아니면 슬프고 좌절스런 마음일까요?

아이가 지금 필요로 하는 것 혹은 당신이 아이에게 해주고 싶은 것은 무엇일까요? 눈물이 그렁그렁 맺힌 아이를 꼭 안아주고 등을 토닥여주고 싶다면 성인이 된 당신이 아이에게 살며시 다가가는 장면을 떠올려 봅시다. 그리고 힘껏 꼭 안아줍니다. 마음속에서 울고 있는 아이가 원하는 것 혹은 안타까운 아이에게 해주고 싶은 것을 그대로 하면 됩니다. 아이에게 해주고 싶은 말이 있으면 나지막이 읊조려 보세요. '그 사람은 너를 해칠 수 없다고, 내가 지켜주겠다고'요. 상실로 슬퍼하는 아이에게 가서 더는 슬퍼할 필요 없으며 사랑하는 사람은 떠나도 삶은 이어지는 것이라고, 상처는 덮이고 결국 사랑하는 사람들에게 둘러싸이게 될 거라고 말해주세요.

의자 두 개를 마주 보게 한 후 한쪽에 앉아 맞은편을 보며 어린 자신을 떠올리고 그 아이의 마음을 헤아리며 위로의 말을 건네줄 수도 있습니다. 이를 스키마 치료의 의자 기법이라 합니다. 표정을 찌푸리고 있는 나에게 친절한 말을 건네는 것도, 너무 절망적인 마음이 들 때 '괜찮아, 오래가지 않아. 금세 지나가고 또 잊힐 거야'라며 자신을 달래는 것도 좋아요. 칭찬 일기 혹은 감정 일기를 쓰며 마지막 한 줄은 '그래도 괜찮아' 라며 위안을 주는 이야기로 마무리해봅시다. 모두 마음속 아이를 위로하는 방법일 것입니다.

때로 멈추어 마음속의 아이가 어떤 마음인지 알아차려 봅시다. 아이의 마음을 잘 다독여 줄 수 있다면 불안정한 감정과 연결된 기억의 결은 조금씩 변하기 시작합니다. 내가 내 마음 깊은 곳과 접촉해 나누는 이야기는 꽤 깊은 울림이 되니까요.

지금보다 나를 더 아끼고 사랑해주는 힘, 자기 연민
•
•
살아가면서 우리는 자신을 우주에서 가장 안쓰럽고, 안타 깝고 또 대견한 존재로 여겨야 합니다. 마음속의 아이를 위로 하는 것은 결국 자기 연민에 대한 이야기로 이어집니다. 오랫 동안 마음에서 곪아온 슬픔, 두려움, 불안을 가진 아이를 안아 줄 수 있다면 현재의 자신도 얼마든지 보듬어줄 수 있습니다. 두 팔 벌려 자신을 안아준다는 표현이 좀 간지러울 수 있겠지 만 타인에게는 측은지심(惻隱之心)을 참 쉽게 느끼는데, 정작 자신에게는 그 마음이 미치지 못한다는 것도 참 이상하지 않나요? 나도 그 연민의 대상이 될 수 있어야 해요.

어떤 이들은 자신조차 너무 쉽게 미워합니다. 주변의 작은 것들에 너무도 쉽게 흔들리는 나약한 자신을 탓하지요. "이건 다 내가 문제야. 나는 대체 왜 이러는 걸까" 하고요. 자신에 대한 기준이 너무나 높고 가혹합니다. 다른 이들에게는 관대해도 그 잣대가 자신에게는 맞지 않는 옷처럼 느껴집니다. 어떤 이는 자기 연민이 비겁한 자기 합리화로 느껴져 거부 반응을 보이기도 합니다.

걸핏하면 나를 뒤흔드는 세상에서 내가 나를 사랑한다는 것이 가능한 일일까요? 이는 인류에게 던져진 아주 오래된 화두입니다. 인간이 자신의 내면을 인지한 시점부터 시작된 참 어려운 숙제이지요. 결론은 스스로에게 너무 가혹해지지 않아도 된다는 것이에요. 내 마음속 어린아이는 등을 떠밀어야 하는 존재가 아닌 소중하게 다루고 잘 보듬어야 할 존재입니다. 자신의 나약한 부분을 잘 품어줄 수 있다면 흔들리는 마음은 얼마든지 중심을 잡을 수 있어요.

현실의 기준에 나를 너무 맞추려고도 하지 말아요. 현실은 늘 버겁지만 때로는 마음을 내려놓고 좀 더 자신에게 친절해도 돼요. 마음속 행복한 아이가 되는 때는 현실의 압박을 벗어던지는 순간일 테니까요.

마음의 상처, 잊었을 뿐
치유된 것은 아니에요

희미하다고 해서 상처가 다 아문 것은 아니에요

:

사람들은 크든 작든 마음에 상처를 품은 채 살아가고 있습니다. 피부에 난 상처는 때로 쓰라리지만 언젠가는 그 위에 딱지가 앉고 아물게 됩니다. 그리고 상처는 잊히게 돼요. 하지만 마음에 난 상처는 그 반대입니다. 마음의 상처는 눈에 보이지 않아요. 그러니 얼마나 흉이 진 것인지 또 상처가 얼마나 아물었는지 알 방법이 없어요. 사라지고 잊혔다 생각하지만, 어떤 상처는 별안간 마음에서 올라와 잠잠했던 마음을 뒤흔듭니다.

당신은 마음의 상처(트라우마)를 어떻게 대하고 있나요? 보통은 상처를 감추고 싶어 합니다. 마음 깊은 곳의 어두움을 타인에게 보이는 것도, 혼자서 아픈 기억을 마주하는 일도 피하려 해요. 그도 그럴 것이 고통스러운 기억을 직면하는 일은 끔찍하니까요. 마음에 창고가 있다면 그 상처의 기억을 창고에 밀어 넣고 빗장을 닫으려 합니다. 창고 한구석에 널브러진 낡은 기억은 시간의 먼지가 쌓이며 조금씩 잊힙니다. 그러고는 마음의 상처가 온전히 치유됐다고 착각하게 됩니다.

영화 「데몰리션」의 초반부는 아내 줄리아의 갑작스러운 죽음 뒤 남겨진 데이비스의 참담한 마음을 그립니다. 사실, 참담함은 어디에도 보이지 않습니다. 데이비스는 극단적인 회피와 부정으로 트라우마를 마음 깊은 곳에 눌러 놓았으니까요. 아내의 장례식 바로 다음 날 아무렇지 않은 듯 출근하는 그의 마음은 어땠을까요. 아마 스스로도 괜찮다고 생각했을지 모릅니다. 이미 치유가 됐다고 착각하거나 끔찍한 상처를 부정하고 싶었는지도 모르겠습니다.

상처의 기억은 조각나 우리 마음 전체에 흩뿌려져 있고, 아주 작은 신호가 그 기억 조각과 만나게 되면 순식간에 상처의 아픔을 상기시킵니다. 한참 전의 사건이 지금 눈앞에 일어난 듯 생생한 고통을 느끼면서 말이지요. 상처는 가만히 잠들어 있다 그 기억을 떠올리게 하는 요인과 마주할 때 우리를 그 현장으로 데려갑니다. 당시 나를 괴롭혔던 그 사람, 고통스러웠던 사건, 그때와 비슷한 슬픔, 두려움, 분노를 느끼게 해요. 어떻게 보면 참 고약합니다. 우리는 이 상처에서 벗어나기 위해 어떤 노력을 해야 할까요?

마음의 상처에서 벗어나기 1. 마음의 상처를 말하기
:

「데몰리션」의 주인공 데이비스는 우연히 자신의 돈을 먹어버린 자판기 때문에 자판기 회사에 항의 편지를 씁니다. 그런데 편지 속 내용은 자판기와 무관한 자신의 마음에 가득 찬 슬픔과 고통이었어요. 저는 그 장면을 보며 사실 데이비스에게는 감정을 토해낼 아주 작은 기회가 절실했을지도 모른다는 생각이 들었습니다. 거기서부터 영화는 그가 어렵사리 꺼내놓은 감정이 그를 치유해나가는 모습을 그립니다. 해묵은 상처를 밖으로 끄집어 말하는 일은 어렵고도 두렵지만 어떤 형식으로든 말하기 시작했을 때 뇌는 그 트라우마의 기억을 통합하고 처리하는 방향으로 작동하게 되니까요.

마음의 상처는 결국 언젠가는 이야기돼야 합니다. 마음의 상처를 극복하기 위한 가장 중요한 원칙이에요. 내 마음을 받아줄 수 있는 상대에게 감정을 담아 그 기억에 맺힌 이야기를 풀어내는 것이지요.

트라우마를 겪은 뇌에서는 언어를 담당하는 브로카 영역 (Broca's area) 주변부의 혈류가 급격히 저하됩니다. 말하는 뇌가 '얼어붙어' 버리는 것이지요. 충격을 받은 이가 실어증에 걸리거나 평소보다 눈에 띄게 말수가 적어지는 것도 이런 이유 때문입니다. 마음의 상처는 밖으로 드러내기가 더 힘들어요. 그 결과 힘든 마음을 억지로 짓누르며 고통의 시간을 버티려 합니다. 하지만 숨겨질 뿐 상처가 온전히 치유되는 것은 아닙니다.

우리는 마음의 상처를 타인에게 이야기하며 비로소 그 기억에 묻은 해묵은 감정을 털어낼 수 있습니다. 이야기하던 도중 울컥해 눈시울이 붉어지거나 그때의 분노가 떠올라 얼굴이 달아오를 수도 있어요. 그렇게 이야기를 통해 감정은 순환되고 환기되며 마침내 오래된 감정이 옅어지기 시작합니다.

공감해주는 타인과의 대화는 기억에 새로운 의미의 조각을 끼워 넣을 수 있습니다. 상처의 기억은 절대 사라지지 않아요. 상처의 치유는 기억의 소멸과는 달라요. 상처의 기억에 대해 내가 가진 의미가 변하는 것이지요. 그러려면 나를 이해하는 이의 따뜻한 조언, 공감이 내가 그 사건에 부여하는 의미와 섞여들어야 합니다. 상처 입은 마음을 나누면서 의미가 재조합되고, 그 내용이 뇌의 기억 저장고에 새로이 저장되는 과정이 바로 마음의 상처가 치유되는 수순이라 할 수 있어요. 그러니 우리는 용기를 내어 마음의 상처를 드러내야 합니다.

마음의 상처에서 벗어나기 2. 삶은 계속돼야 합니다
:

마음의 상처는 경계심을 만들어냅니다. 우리에게는 자신을 위협하는 작은 신호에도 과잉 반응하여 개체를 보호하려는 본능이 숨어 있기 때문입니다. 내가 받은 상처와 관련된 모두를 피하고 싶어지는 것은 어쩌면 당연한 일일 테지요.

큰 상처를 받고 나면 대개는 아무 일도 하기 싫어집니다. 하던 일을 그만두거나 나를 지탱하던 삶의 규칙을 다 그만두기도 해요. 잠시 휴식을 취하고 상처가 회복되면 다시 돌아오겠노라고 생각합니다. 하지만 상처를 받은 직후, 생활의 루틴이 깨지고 나면 상처의 기억은 더 깊어지는 경우가 많아요. 종일 방에만 틀어박혀 머무르게 되고 생각의 틀과 시야는 좁아지기 시작합니다. 그리고 아픔의 순간을 머릿속으로 끊임없이 반복하게 돼요. '내가 왜 그렇게 했을까' 하는 자책, 상대에 대한 끝없는 원망, '왜 하필이면 나에게 이 일이 벌어진 걸까'라는 공허한 한탄이 되풀이되기도 합니다. 마음과 기분은 깊은 굴을 파고 끝없이 들어갑니다. 아픔을 피하려는 선택이 상처를 더 깊게 만드는 셈입니다.

자신도 모르는 사이에 트라우마와 관련된 일을 피하는 경우도 많습니다. 괴로운 기억이 있는 장소를 피하거나 관련된 인물과 연락을 끊고 지내거나 하는 식으로요. 단기적인 회피는 오래 이어지면서 장기적인 습관으로 바뀝니다. 그렇게 우리 삶이, 마음이 은연중에 좁아집니다.

마음의 상처에서 벗어나는 중요한 원칙 중 하나는 삶은 계속되어야 한다는 것입니다. 회피는 잠시 고통을 덜어주지만 길게 보면 상처를 벌려둔 채 도망치는 일과 같아요. 지금은 상처의 기억이 마음에 꽉 들어차 있지만 언젠가는 이 시간도 지나고 상처도 조금씩 아물기 시작할 것입니다. 그러니 시간의 힘을 믿어야 합니다. 상처의 기억과 연결된 장소, 사람, 상황을 처음부터 온전히 다 마주하지 않아도 돼요. 일상의 여러 요소를 마주하고, 조금씩 감내하다 보면 견디는 힘이 길러집니다. 영화 속 데이비스가 용기를 내어 타인과 소통하며 마음을 쏟을 대상을 찾고, 춤을 추고 달리며 감정을 발산하는 과정에서 마음이 회복되었던 것처럼요.

치유는 소소한 일상을 다시 마주할 때 일어납니다. 상처와 고통에 몰두하지 않고 삶의 소중함과 접촉하는 것은 상처 치유에 무엇보다 중요합니다. 상처는 있지만 삶은 이어집니다. 그러니 초점을 상처가 아닌 내 삶에 두어야 해요.

이상하게 들릴 수도 있지만 마음의 상처를 피하거나 숨기기보다 옆에 있는 존재라고 인정해봅시다. 그러면 그 상처의 기억을 옆에 두고 혹은 주머니에 넣은 채로 삶을 이어갈 수 있습니다. 가끔 상처가 번지며 쓰리고 아프겠지만 그 아픔 또한 내 옆에 둘 수 있습니다. 상처가 해결돼야만 삶이 다음 단계로 나아갈 수 있는 것은 아니니까요.

도망가고 싶은 날,
어딘가로 숨고 싶은 마음이 들 때

어른이 되어도 도망가고 싶은 날은 많아요

:

　인간은 본디 도망가는 동물이었습니다. 갑자기 무슨 말이냐고요? 아주 먼 옛날, 우리 조상은 옷 하나 걸치기 어려운 상태에서 원시의 자연을 마주해야 했습니다. 그러니 공룡, 매머드 같은 짐승들과 자연재해에 속수무책일 수밖에 없었지요. 원시인이 살아남을 방법은 들판 너머에 작은 그림자만 나타나도 있는 힘껏 도망가 어딘가에 숨는 수밖에 없었을 테고요. 행동의 반복은 우리 유전자 깊은 곳에 두려움과 도피라는 행위를 연결 지어 각인시킵니다. 진화심리학은 위험에 대비하는 이런 도망 본능이 인간을 비롯한 포유류가 스트레스에 대처하는 반응 체계로 이어졌다고 설명합니다. 우리 뇌는 스트레스에 '3F'로 반응해요. 얼어버리거나(Freeze), 싸우거나(Fight) 그래도 안 되면 도망가는(Flight) 식으로요. 의식하지 않아도 이 본능은 의식의 수면 아래에서 갑작스레 작동합니다.

스트레스는 세상에 가득하고 사람들은 지쳐 있습니다. 타인의 날 선 말과 시선은 우리를 찔러옵니다. "아, 정말 다 때려치우고 도망가고 싶다"라는 말이 절로 나오며 인류의 조상이 그러했듯 피하고, 도망가고, 숨고만 싶습니다. '현실도피를 할 수만 있다면' 하고 중얼거려 보지만 각자가 처한 현실에서 그러기란 쉽지가 않아요. 그럴 때면 스스로 나약함을 탓하게 되고 자책하게 됩니다.

그 끝에는 언제나 내 마음속 안전 기지
⋮

우리는 과연 어디로 도망가고 싶은 것일까요? 마음이 힘들때 가고 싶은 장소는 안전하고 편안한 '그곳'일 것입니다.

아동의 발달을 연구하던 심리학자 메리 아인스워스는 기존의 애착 이론에 안전 기지라는 개념을 덧붙였습니다. 아이는 성장하면서 자신을 돌보는 양육자와 애착 관계를 형성해 갑니다. 부모가 아이에게 적절하게 반응하며 안정적인 애착을 형성할 때, 아이의 마음 안에는 안정적인 부모의 상(像)이 조금씩 자리 잡아요. 이 안정감은 아이에게 세상을 탐색할 수 있는 용기를 줍니다.

아이의 입장에서 세상은 두렵지만 나아가야 할 양가적 공간입니다. 본능적으로 한 발자국 나갔다 다시 도망치기를 반복하는데, 이때 부모의 품이라는 안전 기지가 필요합니다. 세상이 버거워질 때 돌아갈 수 있는 따뜻하고 안전한 장소가 존재한다는 사실은 아이에게 큰 힘이 되니까요. 이처럼 안전 기지는 세상에 대한 학습과 성장의 기반이 되기도 합니다.

당신에게는 어떤 안전 기지가 있나요? 저마다 안전함을 느끼는 대상과 장소는 다를 것입니다. 힘들 때 부모님이나 연인에게 전화를 걸어 목소리를 듣고 싶은 사람이 있는가 하면, 친구들을 모아 왁자지껄하게 한잔 걸치는 것이 위안이 되는 이도 있지요. 누군가는 휴대폰을 비행기 모드로 바꾸고 방에 혼자 있는 것이 편할 수 있습니다. 집이 가장 편한 이도 혹은 고요한 숲속이나 바닷가에서 안정감을 느끼는 이도 있지요.

숨을 곳이 많을수록 행복한 사람

마음의 중심을 잡고 안정감을 찾을 수 있는 대상이 우리에게는 간절합니다. 스트레스로부터 도망쳐 잠시 숨을 곳이 필요해요. 잠시 숨을 고르고 쉬어갈 수 있는 장소 말이지요. 도망치는 것은 부끄러운 행위가 아닙니다. 자극을 주는 스트레스와 맞서 싸우는 것도 좋지만 때로는 잠시 숨어 재충전하는 시간도 꼭 필요하니까요. 그런 의미에서 언제라도 도망갈 수 있게 마음의 안전 기지를 마련해보는 것은 어떨까요?

안전 기지가 무엇인지 찾아보려면 당장은 막연합니다. 그럴 때는 먼저 좋아하는 것과 편안한 것, 두 가지 축으로 생각해보면 좋습니다. 즉, 가장 편안한 곳에서 제일 좋아하는 대상과 접촉하는 것이지요. 머릿속으로 좋아하는 대상을 떠올려봅시다. 가장 친한 친구, 연인, 가족 중 누군가가 될 거예요. 좋아하는 여행지의 풍광일 수 있고 항상 즐겨 듣는 노래나 재미난 예능일 수도 있겠지요. 편안한 장소는 집일 수도 있고 혹은 자동차 안, 내가 좋아하는 음악만 틀어주는 아늑한 카페일 수도 있습니다. 편한 마음으로 좋아하는 일을 하는 것은 그 어떤 휴식보다도 위안이 됩니다. 세상에 지칠 때는 이처럼 비밀스러운 나만의 공간이 필요합니다.

과거의 기억에서 찾아보는 것도 좋습니다. 눈을 감고 가장 편안한 느낌을 받았던 순간을 떠올려 봅시다. 어느 해변의 평화로운 여름, 어릴 적 자주 갔던 시골집을 배경으로 한 할머니의 편안한 웃음, 여행 중에 만났던 넓디넓은 황금색 들판, 고된 일을 마치고 따뜻한 온탕에 몸을 담그고 있었던 느낌 등. 그 장면과 그때 느낀 감정, 몸의 감각을 함께 떠올리며 몸과 마음에 담아둡시다. 그 기억은 '마음의 안식처'라는 제목이 붙어 마음속 진열장에 가지런히 전시될 것입니다. 마음이 흔들릴 때면 눈을 감고 숨을 고르며 언제든 꺼내 쓸 수 있게요.

도망치고 숨을 곳이 많은 이는 행복한 사람입니다. 마음을 뒤흔드는 사람들 틈바구니에서 잠깐이라도 숨 쉴 공간을 갖는 것은 은밀한 즐거움이 됩니다. 그러려면 즐거운 기억을 있는 그대로 만끽해야 합니다. 인간은 머릿속으로 과거와 미래를 끊임없이 오가며, 눈앞의 즐거움과 행복을 온전히 갈무리하지 못하는 경우가 너무도 많으니까요. 행복한 때, 즐거운 순간을 마주치는 때마다 마음속 어딘가에 저축한다고 생각하면 좋겠습니다. 우리가 중심을 잡지 못하고 흔들릴 때 그 기억은 잠시나마 안전함과 안정감을 제공해줄 수 있어요. 즐겁고 행복한 순간은 좀 더 세밀하게 관찰하고, 느끼고 기록되어야 해요. SNS나 일기장 등 나만의 공간에 기록을 남겨보거나 자신에게 충만함을 주는 영상이나 글을 따로 저장해두는 것도 좋습니다.

사람은 누구나 도망가고 싶은 순간들이 있습니다. 절대로 이상한 게 아니에요. 그것은 본능이니까요. 성장을 위해서 필요한 과정이기도 해요. 마음이 단단하게 중심 잡히려면 버티고 싸우는 일만이 답은 아니에요. 그러니 때로는 자신에게 도망가고 숨을 순간을 허락하면 좋겠습니다.

나는 언제부터
나를 미워하게 되었을까?

내가 나여서 싫었던 날들이 있나요?

:

작고 연약한 아이가 있습니다. 아이는 자신을 비난하는 사
람들에게 둘러싸여 살았어요. 사람들은 아이만 보면 하나같
이 아이의 귀에 입을 가까이 대고 "야, 이 바보야. 멍청아"라는
말을 반복했습니다. 아이가 힘들어하는 기색에도 아랑곳하
지 않고요. 아이는 하루에도 몇 번씩이고 자신을 향한 날 선
비난을 무방비 상태로 받아들여야 했습니다. 외롭고 고통스
러웠지만 힘든 마음을 알아줄 사람은 어디에도 없었어요.

시간이 흘러 아이는 자신을 어떻게 바라보게 되었을까요? 바보, 멍청이라는 말을 매일 들었던 아이는 마음 깊은 곳에 바보, 멍청이라는 자기 인식을 깊이 새기게 됩니다. 자신을 비난하거나 받아들이려 하지 않는 이들로 가득한 환경 탓에 뇌 깊은 곳에는 지워지지 않는 상처가 생겨납니다. 그러면서 자신을 바보, 멍청이와 동일시하게 돼요.

문제는 인식이 생겨나는 데 그치지 않고, 자신을 바보, 멍청이로 보게 된 순간부터 아이의 삶이 뒤틀리기 시작합니다. 다른 아이들과 비교해 항상 모자란 듯한 느낌은 아이를 무리의 뒤로 숨게 합니다. 경쟁을 피하고 타인의 주목이 부담스러워 어떻게든 상황을 모면하려 합니다. 누가 자신에게 와서 욕을 할까 고개를 푹 숙이고 또래 집단에서도 멀어지기 시작합니다. 점점 더 주눅이 들고 자신감을 잃어가요. 다른 이들을 피해 고립을 자처하고 좌절하는 악순환이 반복됩니다. '난 정말 쓸모없는 사람이야', '나처럼 무능한 사람이 또 있을까'. 자신을 비난하는 목소리는 더욱더 단단해집니다.

부정적인 자의식은 언덕에서 굴리는 눈덩이와 같아요. 처음에는 비난하는 타인에 의해 조금씩 굴러가던 눈덩이가 온 갖 고통스러운 경험이 덧붙여져 순식간에 커지면서 빠르게 굴러떨어집니다. 그러면서 아이는 자신을 세상에서 가치 없고 쓸모없는 사람으로 확신하게 돼요. 낮은 자존감, 열등감, 뿌리 깊은 자기 비난은 이런 방식으로 빚어집니다.

절대, 당신의 잘못이 아니에요
:

그런데 궁금합니다. 아이는 태어나면서부터 열등하고, 모자랐을까요? 그래서 타인이 함부로 대해도 괜찮았던 것일까요? 아마 아이는 하얀 종이와 같은 존재였을 것입니다. 그 종이에 어떤 색을 칠할지 결정하는 것은 아이를 둘러싼 이들의 몫입니다. 아이는 매일 자신을 비난하고 마음을 헤아려주기는커녕 무시하는 환경에 놓여 있었습니다. 그리고 끔찍한 환경에서 살아남기 위해 자신을 둘러싼 많은 것을 받아들여야 했습니다. 적응하지 못하면 그 틈바구니에서 도저히 살아남을 수 없었을 테니까요. 환경에 대한 학습은 자연의 섭리이지만 어찌 보면 잔인한 성장 과정이기도 합니다.

자존감이 낮은 것 같아 고민인가요? 항상 타인의 말투나 행동 하나하나에 쩔쩔매고 있나요? 여기서 자존감에 대해 꼭 기억해야 할 것이 있습니다. 낮은 자존감은 학습의 산물입니다. 그것도 능동적 학습이 아닌 수동적 학습입니다. 말하자면 배우려고 배운 것이 아니라 배움을 당한 것입니다. 성장 과정의 중요한 인물들과의 고통스러운 경험이 씨줄과 날줄처럼 얽혀 자신을 규정하는 내적 규칙을 만든 셈이지요. 그 규칙은 내 삶, 나를 둘러싼 사람들과의 관계, 직업 등 모든 영역에서 은밀하게 혹은 강렬하게 영향을 미칩니다. 마치 어기면 안 될 것 같은 당위성이 있는 것처럼 느껴지지요. 그도 그럴 것이 아이였던 시절부터 자신의 삶을 조종하던 아주 중요한 규칙이었으니까요. 또 그 규칙은 자신에게 가장 중요한 인물들이 심어준 단어들이니까요.

자존감이 낮은 이들은 습관적으로 자기 탓을 합니다. 그들에게 남 탓은 어렵고 자신을 탓하는 게 가장 쉬워요. 그런데 부족한 나라는 느낌도 정말 내 탓일까요? 자라온 성장 과정의 고통스러운 경험을 우리가 선택할 수 있었나요? 그들에게 그 과정을 다시 감내할 수 있겠느냐고 물으면 표정을 찡그린 채 고개를 절레절레 흔드는 경우가 대부분일 것입니다. 우리는 삶의 서사를 선택할 수 없었어요. 불쌍한 아이에게는 선택권이 없었습니다. 영화 「굿 윌 헌팅」에서 정신과 의사 숀이 윌을 껴안으며 건넨 말처럼 "그건 당신의 잘못이 아니에요." 절대로, 절대로, 당신의 잘못이 아닙니다.

세상에 쓸모없는 사람은 없어요. 단지 쓸모없다는 인식의 습관만 있을 뿐입니다. 고통을 주는 상황이 반복되면서 만들어낸 습관이에요. 낮은 자존감을 다루려면 이 부분이 가장 중요한 명제로 세워져야 합니다.

내 자존감의 뿌리를 살피는 과정은 그렇기에 중요합니다. 현재 내 모습은 세상에서 가장 멍청하고, 무능하고, 가치 없는 사람으로 보이지만 줄기를 거꾸로 타고 내려가 살피다 보면 안타까운 탄식을 자아내는 참 불쌍하고 가여운 존재로 변해 있을 것입니다. 나조차 이해할 수 없던 바보, 멍청이가 실은 그 어떤 헤아림도 받지 못한 슬픈 피해자였고, 그것이 절대적 사실이 아닌 인식의 습관에 불과했음을 알아차릴 수 있다면 자존감의 뿌리를 살피는 데 시간을 들여도 충분한 의미가 있을 테지요.

앞으로 나아갈 에너지를 과거에만 쏟고 있지 않나요?
:

커다란 배가 침몰하는 사건이 벌어졌다고 가정해봅시다. 사람들은 그 배가 왜 가라앉았는지 원인을 분석합니다. 암초에 걸렸거나 과적으로 배의 균형이 무너진 채 항해를 시작했던 것은 아닌지 다양한 관점에서 접근합니다. 물론, 원인을 찾아보는 일은 중요합니다. 배의 역사와 침몰의 순간을 살피는 것은 꼭 필요한 과정이며, '왜?'라는 질문에 대한 갈증을 해소시켜줍니다. 자존감의 뿌리를 살피는 일도 마찬가지입니다.

하지만 배가 침몰한 원인을 알게 된다고 해서 배가 갑자기 수면 위로 부상하는 것은 아니에요. 원인의 윤곽이 잡히고 나면 그다음 질문으로 넘어가야 합니다. '그럼 이제 어떻게 해야 할까?'라는 질문으로요. 바닥에 가라앉은 배를 어떻게 끌어올릴지 고민을 시작해야 합니다. 자연스러운 수순으로 보이지만 마음의 문제에 대해서는 의외로 '왜'라는 질문에만 매달리는 안타까운 이들이 참 많아요.

자신이 왜 이렇게 됐는지, 누가 나를 이렇게 만들었는지에만 집착하는 사람들을 만나게 됩니다. 나를 학대하고 괴롭혔던 사람들, 내가 처했던 성장 과정의 경험들이 원인이라면 그 원인을 깨어 있는 내내 생각합니다. 떠올리면 떠올릴수록 분통이 터지고, 눈물이 나고 고통스럽지만요. 앞으로 나아갈 에너지를 그 분노에 모조리 쏟은 나머지 정작 필요할 때 앞으로 나아가는 선택을 내리지 못해요.

이제는 과거와 그 원인에 100퍼센트 쏟았던 에너지를 새롭게 분배해야 할 때입니다. 그러려면 자존감을 끌어올리기 위한 현실적인 대처 방안이 필요합니다. 그 이야기는 다음 장에 이어서 마저 해보려 합니다.

바닥난 자존감을 끌어올리는
세 가지 연습

자존감, 지금의 선택과 행동으로 얼마든지 바꿀 수 있어요
:

자존감에 대한 깊은 통찰은 중요합니다. 자신을 이루는 뿌리를 살피고 서사를 헤아리는 일도 마찬가지입니다. 하지만 거기에 머무르기만 하면 다시 자존감이라는 좁은 방에 갇히게 됩니다. 자존감은 눈에 보이지 않는 가상의 구조물로, 내가 내리는 선택과 행동으로 드러나며 그 결과는 도돌이표처럼 다시 자존감에 영향을 미쳐요. 형태는 다 다르겠지만 자존감은 그 맥락에서 일어나는 행동과 강하게 연결됩니다.

이때, 우리에게는 액션 플랜이 필요합니다. 낮은 자존감으로 고생하는 이라면 마음이 흔들리는 전후의 상황과 그때의 반응, 그에 따라 취하는 행동이 패턴처럼 각인됐을 가능성이 높아요. 그 패턴은 시간이 지나면서 더 굳어지기에 균열을 만드는 일이 쉽지는 않아요. 부단한 노력이 필요합니다. 다만 그 복잡하고 지루한 과정을 잘 정리해 공식처럼 만들어 본다면 항상 같은 양상으로 이어지는 자존감의 맥락에 다른 방향을 제시할 수 있습니다.

다음은 자존감을 변화시키는 세 단계로 낮은 자존감과 관련된 패턴의 변화를 위한 것만은 아닙니다. 자신이 습관처럼 해오던 나쁜 버릇을 바꾸는 데도 도움이 됩니다. 덧붙여 과정마다 간단한 기록을 하며 남겨보아도 좋습니다.

1단계. 자존감이 흔들리는 순간을 알아차리기

첫 번째로 낮은 자존감의 맥락이 작동하는 순간을 포착하는 연습이 필요합니다. 그러려면 두려움, 공포, 슬픔을 느끼게 하는 상황들을 미리 정리해 보는 작업이 도움이 됩니다. 마음을 뒤흔드는 촉발 요인은 저마다 다를 거예요. 어떤 이는 타인의 부정적인 어투가 자존감을 확 끌어내리고, 상대의 무표정에서도 자신을 비난하는 듯한 느낌을 읽어내기도 합니다. 회의에서 발표를 하거나 자신의 감정과 의견을 드러내야 하는 상황이 자존감을 크게 뒤흔드는 경우도 흔해요.

자신이 부족하고 가치 없는 사람이라 느끼게 된 기원을 살펴볼 필요도 있습니다. 이는 과거를 바꾸기 위함이 아닙니다. 기억은 바뀌지 않지만 나와 내 삶에 대한 이해는 자신을 끌어안기 위해서라도 중요합니다. 성장 과정에서 가족, 친구, 선생님들에게 받았던 영향을 떠올려봅시다. 그들이 나에게 했던 행동, 말, 태도가 자존감을 어떻게 흔들었나요? 그때 내 마음에는 어떤 이야기들(규칙들)이 새겨졌을까요?

촉발 요인이 나를 자극할 때, 어떤 반응이 나타났었는지 생각해봅시다. 우울해지거나 불안해지는 등의 감정이 나타났을까요? 그런 감정과 함께 몸에서는 어떤 반응이 일어났나요? 가슴이 두근거리거나 가슴 한쪽이 꽉 막히는 느낌 혹은 식은땀이 나기도 했을 것입니다. 촉발 상황에 대한 행동 반응도 저마다 다릅니다. 어떤 이는 자존감이 자극받을 수 있는 상황을 극단적으로 피하고는 합니다. 타인에게 주목받는 상황, 능력을 평가받아야 하는 시험 등을 어떻게든 회피하려 해요. 또 다른 이는 상황에 대해 극단적인 감정을 터뜨리기도 합니다. 나의 반응을 이해한다면 자존감이 자극받기 시작했다는 알람으로도 활용할 수 있습니다.

이런 범주화는 삶에서 일어날 불편함을 미리 예측하게 합니다. 완벽하지는 않지만 자신이 힘들어하는 몇몇 상황의 윤곽을 가늠하는 것만으로도 갑작스러운 자극에 들이닥칠 큰 파도를 대비할 수 있어요. 그러면 우리 마음은 약간의 안도감을 느낍니다. 갑작스러운 사고와 일어날 것을 알고 있었던 돌발 상황은 분명 다르니까요.

2단계. 알아차렸다면 잠시 멈추어 고민하기
⋮
흔들리는 자존감을 알아차릴 수 있다면 잠시 멈추어야 합니다. 우리는 의식적으로 노력하지 않으면 너무 자연스럽게 과거의 패턴을 답습합니다. 잠시 멈추어 호흡을 고르고 질문을 던져보아야 합니다.

특히, 기존의 패턴을 반복하는 것이 자신에게 얼마나 도움이 되었고 삶을 어디로 끌고 갔는지 생각해보아야 해요. 즉, 결과를 살펴야 합니다. 단기적인 결과가 아닌 장기적 결과를요. 많은 이들은 자존감이 흔들리는 상황에서 일단 회피를 선택합니다. 불편함을 피하고 싶은 것은 인간의 본능이니까요. 사람들이 있는 자리를 뜨거나 눈을 피하고 생각하지 않으려 해요. 짧게는 안도감이 들겠지만 그 반응이 몇 년간 반복되면서 어떤 결과를 낳았을까요?

마음이 다칠까 두려워 모든 것을 피했던 선택이 삶을 얼마나 좁아지게 했나요? 자존감을 건드리는 상대에게 거친 감정을 쏟아 붓고, 그 일을 생각하며 분노를 삭이던 순간은 삶에 어떤 영향을 끼쳤을까요? 사람들로부터 멀어지기 싫어 감정은 누른 채 좋은 사람으로 보이려 했던 노력은 정말 다른 이들과 더 가까워지게 했을까요?

사람들은 오직 하나의 길을 따라가고 있다 생각하지만 실은 매 순간 다양한 갈림길 앞에 서 있습니다. 항상 다니던 길

은 익숙하기에 안심되지만 그 결과는 항상 자존감을 끌어내
릴 뿐이었어요. 촉발 요인과 행동으로 이어지는 찰나에 잠깐
이라도 틈을 만들 수 있다면 갈림길이 펼쳐져 있음을 알 수 있
습니다. 그러면 이전과 다른 선택을 할 가능성은 높아져요.

3단계. 이전과 다른 반응을 선택하기
⋮

아무리 스스로 인식하고 알아차리며 자신에게 질문을 던
져도 행동으로 옮기지 않으면 자존감이 작동하는 맥락은 바
뀌지 않아요. 그러니 같은 상황에서 다르게 선택할 수 있는 행
동의 선택지를 만들어야 합니다.

이를테면 사람들 앞에서 주눅들 때 불편하지만 거기서 머
무르고, 익숙하지 않지만 상대와 눈을 마주치고, 필요하다면
한두 가지의 이야깃거리를 던져보는 거예요. 새로운 행동은
무조건 불편할 수밖에 없어요. 당연합니다. 하지만 확실히 말
할 수 있는 것은 예상보다 그 느낌이 그리 끔찍하지 않다는 거
예요. 용기 내어 가본 적 없는 길로 들어설 때 처음 만나는 장
애물은 당연히 높고 험합니다. 하지만 그것을 어떻게든 뛰어

넘을 수 있다면 다음부터는 낮게 느껴집니다. 말로 다 설명하기는 어렵지만 이전과 다른 경험은 분명 당신의 삶을 앞으로 이끕니다.

이때 필요한 것은 처음의 장애물을 기꺼이 마주하겠다는 용기입니다. 자존감을 흔드는 상황적 맥락을 A(상황)에서 B(대안적 선택)로 단순하게 연결해야 합니다. 수학 공식을 너무 깊게 생각하면 오히려 자신감이 떨어지듯이 단순한 패턴을 일상에서 쉽게 적용하고 반복해보는 것이지요.

같은 패턴을 깨뜨리기 위해 우리는 그 행동이 나에게 준 결과와 접촉해야 합니다. 해보지 않았던 새로운 시도에 의도적으로 의미를 부여하지 않으면 뇌는 그 시도를 흘러가는 작은 사건으로 여깁니다. 평소에는 하기 어려웠던 일이라도 그것이 지금껏 해보지 않았던 시도, 새로운 경험임을 되새겨 봅시다. 이때는 짧은 결과보다는 긴 호흡의 결과를 살필 필요가 있어요. 단기적 결과는 당연히 낯선 시도에 대한 불편함만 있을 테니까요. 하지만 그 행동이 나를 어디로 끌고 가는지, 이런 시도가 반복된다면 나에게 어떤 영향을 미칠지 헤아려봅시다. 불편하지만 앞으로 새로운 경험이 쌓인다면 뇌와 마음은 이전과 다른 연결망을 만들어낼 것입니다. 자존감의 결이 변하기 시작하는 것이지요.

PART
3

무례한 사람을
무기력하게

옆에만 있어도 지치는
에너지 도둑들과 거리두기

'그들'의 특징을 알면 쉽게 피해갈 수 있어요
:

우리는 항상 누군가와 얽혀 살아갑니다. 사회는 나와 나를 제외한 무수한 타인이 복잡하게 연결된 거미줄 같아요. 좋게 보자면 우리는 누군가에게 항상 의지할 수 있으며 사회의 구성원 중 하나라는 소속감을 가질 수 있습니다. 하지만 반대의 문제도 존재합니다. 누군가와 연결되어 있기에 피곤하고 괴로워지기도 합니다. 현대사회를 살아가는 우리는 더 이상 타인에게 호의적이지 않습니다. 복잡한 인간관계가 너무 힘겨운 탓일까요. 장 폴 사르트르의 말처럼 타인은 우리에게 때로 '지옥'이 됩니다.

그 지옥에는 에너지 도둑들이 살고 있습니다. 같이 있는 것만으로도 에너지를 빼앗기는 듯한 사람이 있습니다. 이런 에너지 도둑들과 같은 공간에 있으면 금세 피곤하고 지쳐버려요. 그들은 내가 내 삶을 위해 써야 할 에너지를 앗아갑니다. 인간의 에너지는 무한하지 않은데 그런 타인에게 허무하게 소진된 탓에 우리는 중심을 잃고 휘청거립니다.

한정된 에너지를 지키기 위해서라도 에너지 도둑들의 특징을 알아둘 필요가 있습니다. 삶에 그들이 깊게 얽히기 전에 한쪽 발을 빼야 합니다. 해로운 이들과는 적당한 거리를 두고 마음에 벽을 쌓을 필요가 있어요. 그러려면 그들의 특징을 잘 파악할 수 있어야 합니다. 아무 대비 없이 맞이하는 돌발 상황보다는 애초에 저 사람과 지내면 험난할 수 있겠다는 조심스러운 경계가 마음을 대비하게 하니까요.

다음에 이어질 내용을 보기 전에 심호흡을 한번 해볼까요? 어쩌면 읽어내려 가는 순간 주변의 누군가가 떠오르고 필연적으로 명치끝에서 답답함이 느껴질 테니까요.

에너지 도둑들의 특징 1. 항상 타인을 아래로 본다
⋮

그들은 항상 타인을 아래로 봅니다. 자신이 가장 중요하고 소중하며 다른 이들은 내 삶의 들러리일 뿐입니다. 이런 나르시시스트(자기애성 성격)는 어디에나 존재합니다. 그들은 타인에게 날 선 말을 함부로 던지고 혼자 "난 뒤끝이 없어"라며 자리를 떠나버립니다. 상처받은 타인에 대한 배려는 전혀 없어요. 또 부탁이라는 이름 아래 상대를 착취하기도 합니다. 그들에게 타인의 수고는 당연한 것이니까요. 대인 관계에서의 '기브 앤 테이크'가 전혀 이루어지지 않아요.

에너지 도둑들의 특징 2. 의심의 달인이다
⋮

의심이 과한 사람도 주변을 굉장히 피곤하게 합니다. 혼자 지레짐작해 표정, 태도, 행동 등을 오해하며 몰아붙입니다. 편집적인 성향 탓에 매사 확인하려 들고 자신의 불안을 투사하며 비난하기도 합니다. 마치 불안의 원인이 상대방인 것처럼 불편해합니다. 아무리 맷집 좋은 사람이라도 근거 없는, 무자비한 비난을 당해낼 재간은 없지요.

에너지 도둑들의 특징 3. 항상 '모 아니면 도'로 극단적이다

그들은 매사에 극단적입니다. 1등 아니면 꼴찌, 성공 아니면 실패, 최고 아니면 최악. 세상을 흑과 백 두 가지 색으로만 나눕니다. 중간에 있는 회색 지대를 인정하거나 허용하지 않아요. 대화를 할 때면 그들의 극단적 논리에 휘둘리다 진이 빠져버리게 됩니다. 대화가 통하지 않고 벽에 대고 말하는 느낌이 들어요. 대화하는 내내 피로감이 느껴집니다.

에너지 도둑들의 특징 4. 오로지 자신만 이해받기를 원한다

그들에게는 정서적 이기심이 그득합니다. 자신만 이해받기를 원하며 타인의 마음은 이해하거나 받아주려 하지 않습니다. 어떤 일에도 자신이 먼저이기를 원하며 타인의 관심과 인정에 목말라합니다. 반면 상대의 힘듦에 대해서는 받아들이기 불편해합니다. 어떻게 보면 아이의 미숙한 투정처럼 보이기도 합니다. 상대방이 힘들어할때도 그 힘듦 때문에 불편하게 될 자신을 먼저 생각합니다.

에너지 도둑들의 특징 5. 자기 합리화의 달인들이다
⋮

내가 하면 괜찮지만 남이 하는 것은 비난받아 마땅하다 여깁니다. 자신에 대한 도덕적-윤리적 잣대는 한없이 관대하지만, 타인에게는 아주 좁고 높은 기준을 들이댑니다. 상대의 실수에는 여지를 주지 않는, 아주 완고하고 엄격한 재판관 같아요. 하지만 자신이 한 실수나 잘못에는 다 이유가 있으며 그것을 이해하지 못하는 상대를 속이 좁고 옹졸한 사람으로 만들어버리기도 합니다.

에너지 도둑들의 특징 6. 편 가르기에 집착한다
⋮

에너지 도둑들은 편 가르기를 서슴지 않습니다. 자신의 취약함을 집단에 파묻어 숨기고 싶어 하거든요. 내 편을 만들어야만 안심하는 미숙한 모습입니다. 또 시기심과 질투로 이미 끈끈하게 결속된 관계에 끼어들고 깨뜨려버리기도 합니다.

에너지 도둑들의 특징 7. 타인의 이야기를 너무 쉽게 한다

:

타인에 대해 너무 쉽게 평하고 그들의 뒷이야기를 자세히 말하는 사람들이 있습니다. 타인의 고민을 흥밋거리 삼고 그에 대해 다소 과한 흥미를 보입니다. 문제는 그런 태도가 내 앞에서만 나타나지 않는다는 것입니다. 타인에 대해 쉽게 이야기하는 이는 99퍼센트의 확률로 어디서든 나의 이야기를 또 다른 곳에서 하게 될 테죠. 이런 이들에게는 스몰 토크에서도 적절한 한계를 설정해야 합니다.

에너지 도둑들의 특징 8. 너무 쉽게 꽂히고 집착한다

:

그들은 사소한 것에 너무나 신경 쓰고 집착합니다. 그냥 넘어가도 될 일을 몇 차례나 반복해서 확인하고 안쓰러울 정도로 심한 자기 검열을 합니다. 옆에서 바라보는 것만으로도 머리가 과열되어 김이 날 것만 같습니다. 그러니 이들과 함께 있는 시간은 항상 긴장될 수밖에요. 같이 있기만 해도 쉽게 피로해지는 이유입니다.

언제, 어디서 마주칠지 모르니 안테나를 세우고

받아들이기 힘들겠지만 에너지 도둑들은 우리 삶의 어디에나 존재합니다. 가장 가까운 가족, 연인일지도 모릅니다. 일하는 직장, 다니는 학교 그 외 사교적인 모임일 수도요. 사회적 관계 안에서 그들과 우리는 복잡하게 연결되어 무조건 피할 수만은 없습니다.

에너지 도둑들을 만나면 일단 멈추어 호흡을 가다듬고 그들의 행동에 마음의 안테나를 돌려 찬찬히 살펴보아야 합니다. 그들과는 결코 복잡한 관계의 매듭을 만들지 말아야 해요. 이어지는 내용에서 그들을 어떻게 맞이하고 다룰지에 대한 이야기를 마저 들려드릴게요.

내 기분을 망치는 이들과의
적절한 거리는 얼마일까?

함께 가야 할지, 싸워야 할지 그 숨막히는 기로에서
:

생각만 해도 몸서리쳐지는 에너지 도둑들은 어떻게 대해야 할까요? 시도 때도 없이 우리의 영역을 침범하고 기분을 망치는 이들 사이에서 마음의 균형을 어떻게 잡아나갈 수 있을까요?

마음 같아서는 그런 사람이 있는 환경을 피하는 방법이 가장 쉬워 보입니다. 회피는 가장 간단하게 선택할 수 있는 대처거든요. 하지만 세상을 살아갈수록 에너지 도둑들은 삶에서 피할 수 없는 존재임을 알게 됩니다. 공동체 안에서는 특히 필연적으로 관계의 피로감을 마주할 수밖에 없습니다. 물론, 방에만 숨어 지내며 타인과 접촉하지 않고 지내는 방법도 있겠으나 그럴 경우 삶은 내가 원하는 방향으로 가지 못할 테니까요. 회피라는 방어 기제가 도움이 되기도 하지만 과한 회피의 작동은 삶을 고립시키기 마련입니다.

그렇다고 그들과 일일이 투쟁하는 편이 좋을까요? 에너지 도둑과 마주칠 때마다 멱살을 잡고 싸우려 든다면 그들이 더는 내 곁에 얼씬하지 않을까요? 여기서 중요한 명제가 다시 등장하는데 '타인은 내가 통제할 수 없다'는 것입니다. 인간의 삶에서 만나는 고통 중 꽤 많은 부분이 통제할 수 없는 대상을 통제하려 할 때 발생합니다. 설령 나를 힘들게 하는 이와 다툼 끝에 승리한다 해도 그 사람의 근원적 태도는 변하지 않아요. 내 에너지만 두 배, 세 배로 낭비될 뿐입니다. 그러고 보니 피하는 방법, 싸우는 방법 모두 실효성이 없어 보여요.

결국, 에너지 도둑들을 인정하고 마주하는 수밖에 없습니다. 우리가 사회적 동물인 이상 그들이 삶에서 사라질 수 없음

155

을 받아들여야 해요. 그러고 나서 어떻게 하면 이런 해로운 타인들과 내 삶이 공존할 수 있을지 고민을 시작해야겠지요.

마음이 아닌 머리로 계산하면 의외로 쉬울지도

:

자신에게 해로운 타인에 대해서는 싸워 이기려는 공격적 전술보다 내 영역을 지키고자 하는 수비적 전략이 더 도움이 됩니다. 그러려면 먼저 지키고 싶은 나의 영역을 잘 알아야 합니다. 나의 자존감을 깎아 내리는 상황, 부당한 일을 강요하는 상황들이 그 영역에 속하는데, 적어도 그 영역은 침범되지 않게 해야 합니다. 그 외부에는 적절한 경계를 설정하고 그들과 나 사이에 물리적, 심리적인 거리를 두어야 해요. 만약 에너지 도둑들이 경계를 넘어 해를 가하기 시작하면 적극적으로 거부해야 합니다. "나는 이 부분은 절대로 방해받고 싶지 않아"라고요. 나를 위한 적극적인 방어입니다.

반대로 내 영역을 침범하는 것이 아니라면 그들의 행동과 태도에 에너지를 쏟지 않아야 합니다. 설정한 경계선 너머로 해로운 타인들이 얼쩡거릴 때 정말 보기만 해도 너무 싫은 마음이 들어요. 경계를 침범하지 않는 아주 모호한 위치에서 그들은 우리를 괴롭힙니다. 하지만 그 싫은 감정에 몰두하지 말아야 해요. 애매한 경계선에 있어도 그냥 두려 노력해야 합니다. 맞아요. 삶에서 일어나는 불편함을 붙잡지 않으려는 것은 다분히 노력의 영역입니다. 성경 말씀처럼 원수를 사랑하기는 어렵지만 적어도 원수를 미워하는 데 에너지를 쓰지는 말아야 해요.

그들의 행동에 의미를 부여하기보다 그냥 주변에 일어나는 하나의 현상으로 여기는 것이지요. 불편한 모습이 다소 거슬릴지라도 갑자기 내리는 소나기나 도로 위 자동차가 경적을 울리는 것처럼 삶에서 언제든지 나타날 수 있는 현상으로 보면 됩니다. 에너지 도둑들은 그들 본연의 욕구대로 행동했을 뿐입니다. 그러니 우리가 그들을 정죄하려 하거나 세상에서 가장 해로운 대상을 상대한다고 여길 필요도 없어요.

나아가서는 불편한 이들과의 경험에서 취할 수 있는 성장을 생각해보는 것입니다. 이상하게 들리겠지만 그들과 함께 있는 경험이 도움이 될 때도 있어요. 역사학자 아널드 조지프

토인비가 즐겨 인용했던 '메기효과'가 바로 이 측면을 잘 설명합니다. 예민하고 수명이 짧은 청어들이 사는 수조에 메기를 함께 넣으면 청어의 활동이 늘어나고 생존력은 더욱 길어집니다. 이처럼 삶에 적절한 긴장은 마음을 더욱 단단하게 만듭니다. 삶의 모든 순간에는 좋고도 나쁜, 비관적이면서도 희망찬 여러 측면이 존재하니까요. 그렇게 보면 그들은 또 삶의 스승이 되기도 합니다. 인내심을 길러주는 아주 엄격하고도 고약한 스승이지요.

비로소 불편한 이들과 마주하는 연습
:

어릴 때 봤던 만화 영화를 잠깐 떠올려 볼까요? 나를 쫓아오는 무서운 괴물에게 몰래 마법의 약을 먹이고, 막다른 골목에 몰아넣은 괴물이 괴성을 지르며 내 몸을 잡아채려는 순간, 마법의 약이 효과를 발휘하기 시작합니다. 괴물은 점점 그 크기가 작아지고, 듣기 싫은 외침은 마치 새가 지저귀는 소리처럼 작고 가늘어집니다. 한없이 작아지던 괴물은 결국 한 뼘 크기로 줄어버렸습니다. 괴물이 아무리 방방 뛰며 삿대질을 해도 귀엽기만 합니다. 소리도 잘 들리지 않으니 욕을 하는 것인지 위협을 하는 것인지도 잘 모르겠네요.

나를 앞에 두고 불편한 말을 쏟아내는 이들을 마주할 때 머릿속으로 앞의 장면을 떠올려 봅시다. 그러면 나를 향한 그들의 비난은 가느다란 목소리가 되어버립니다. 줄어든 에너지 도둑을 위에서 내려보고 있자면 불편하거나 무서울 이유가 사라집니다. 두렵고 불편한 대상을 귀여운 웃음거리로 바꾸는 연습입니다.

상대가 했던 기분 나쁜 말이 자꾸 생각난다면 생각과의 융합에서 벗어나는 연습이 도움이 됩니다. 고개를 들어 내가 있는 곳 맞은편에 있는 벽을 가만히 바라봅시다. 벽 위에 그 사람이 나에게 던진 말이 활자로 쓰인다고 상상해보는 거예요. '너는 아무짝에도 쓸모없어!'라는 모진 말이 머릿속에 있을 때는 마치 실제로 그런 사람이 된 듯합니다. 떠올린 것만으로도 속상하고 눈시울이 붉어집니다. 아무 일도 손에 잡히지 않아요. 그 두려운 말이 고스란히 눈에 보이는 벽에 한 글자씩 스며든다고 생각해봅시다. 벽을 바라보며 '너', '는', 그리고 이어서 '아', '무', '짝', '에', '도'(……) 그리고 나서 다 쓰인 그 문장을 가만히 몇 초간 바라봅시다.

　마음은 그저 자음과 모음으로 구성된 한 문장을 떠올렸을 뿐입니다. 우리는 그 문장이 새겨진 벽을 바라보고 있고요. 배경을 관찰하고 있을 뿐 실은 어떤 의미를 바라보고 있는 것은 아닙니다. 의미를 부여하는 것은 내 마음의 습관인 것이죠. 생각은 생각일 뿐입니다. 그것이 현실을 완벽하게 반영하지 않는데도 간혹 생각을 떠올리는 것만으로도 현실이라고 착각하는 경우가 많아요. 마음에서 올라오는 것들과 융합되지 않고 있는 그대로 두고 볼 수 있을 때 비로소 불편한 것들과의 거리 두기가 가능해집니다.

실망하는 마음을 잘 다루어야
관계가 힘들지 않아요

관계의 상처는 가장 가까운 곳에서부터 시작됩니다

인간은 태어나 살아가며 많은 사람과 인연을 맺습니다. 부모, 친구, 연인, 직장 동료 등 그 범주는 다양해요. 그중에는 가볍게 스쳐 지나가는 관계도 있지만 피를 나눈 부모와 형제, 사랑하는 연인처럼 세상에 둘도 없는 소중한 관계도 존재합니다.

하지만 관계에서의 상처는 소중한 이들로부터 생겨나는 경우가 많아요. 사실, 처음 보는 사람이 나를 싫어하는 것은 그리 상처가 되지 않습니다. 그 사람은 나를 잘 모르고 나도 그 사람을 모르니 큰 기대가 없어요. 옷깃도 스치지 않고 지나가는 인연일 뿐이니까요. 하지만 애정과 관심을 쏟던, 항상 내편일 거라 생각하는 사람이라면 어떨까요?

"어떻게 네가 나에게 그럴 수 있어? 이게 말이 돼?"

가까운 친구 혹은 연인과의 다툼에서 이런 말을 해본 경험은 누구나 있을 거예요. 사랑하는 사람, 누구보다 믿고 의지했던 사람이 생각과 다르게 나를 대할 때, 우리는 배신감을 느낍니다. 큰 행운을 기대하다 좌절하는 경험도 괴롭지만 당연히 가질 수 있으리라 생각했던 것을 갖지 못할 때 느끼는 좌절은 더욱 크게 다가오니까요. '당연히 그래야 한다'는 마음속 규칙이 우리를 깊은 곳으로 끌고 내려갑니다.

우리는 연인, 부모, 형제, 가까운 친구 등 가장 가깝고 소중하다 생각한 이들을 나의 일부라 여깁니다. 그들은 타인과 나의 이분법적 경계에서 '나'의 영역 안에 존재합니다. 그래서 은연중에 자신이 가진 규칙을 그들에게 요구합니다. 타인을 대하는 잣대보다 더 엄격한 잣대로요. 이것이 관계의 마찰이 일어나는 지점이에요. 내가 아닌 그들에게 내가 되기를 원하고 나의 기준을 강요하게 되는 것이지요.

아무리 가까운 관계여도 다 내 마음과 같지는 않아요
:

결혼 10년 차에 접어드는 윤영 씨는 남편 민우 씨에게 항상 불만입니다. 꽤 오랜 시간을 같이 살았다면 이제는 말하지 않아도 마음을 알아주는 것이 당연한데 민우 씨는 항상 기대에 못 미쳤거든요. 그녀가 원하는 때 바라는 대로 도와주고 위로를 해주면 참 좋을 텐데, 기대가 좌절되기를 반복하자 마음 깊은 곳에는 불만이 조금씩 늘기 시작합니다. 실망은 처음에 먼지처럼 쌓이다가 이내 부부 관계에 큰 균열을 만들었습니다. 윤영 씨는 이제 남편을 봐도 예전 같은 기대 없이 화만 나고 답답함을 느낍니다. 누구보다 가까운 사이임에도 멀게만 느껴지기 시작해요.

부부 관계에서 가장 중요한 요소는 대화입니다. 아이러니하게도 오래 산 부부일수록 솔직한 대화는 더 줄어들게 됩니다. 오랫동안 배우자를 보면서 적립된 데이터는 눈앞의 표정이 무엇을 말하는지 안다고 착각하게 만들거든요. 그러면서 이렇게 오래 봐왔으면 알아서 마음을 헤아려줄 테고 당연히 나의 입장에서 배려해주리라 생각합니다. 하지만 그 착각은 마음의 거리와 오해를 만들어냅니다.

당연한 말이지만 말하지 않으면 서로의 마음은 알 수 없어요. 부부 또한 엄연한 타인입니다. 내 마음대로 움직일 거라는 기대는 하지 않는 것이 좋아요.

이러한 내용을 실제로 실험에 옮긴 이들이 있습니다. 미국 윌리엄스 칼리지의 케네스 사비츠키 교수의 연구팀은 부부 22쌍을 두고 등을 돌리고 앉아 상대의 마음이 어떤지 알아맞히는 게임을 하며 상대에 대한 인식을 연구했습니다. 부부는 서로 간의 의사소통 능력을 과대평가하며 상대의 마음을 더 잘 이해한다 믿고 있었습니다. 하지만 결과적으로는 친밀한 부부와 낯선 이들 간의 소통은 별 차이가 없었어요. 이런 부분을 친밀함–의사소통 편견(Closeness–Communication Bias)이라 합니다. 이처럼 가까운 관계라 해서 상대를 속속들이 다 파악하고 상대방 역시 그럴 거라는 생각은 오해와 착각에 가까우며 그 오해는 또 상처를 남겨요.

낯선 관계와 친밀한 관계의 가장 큰 차이는 '대화의 기회'입니다. 우리에게는 언제나 친밀한 대상에게 손을 내밀고 이야기를 하며 묵은 오해를 털어낼 수 있는 기회가 있습니다. 그러니 때로 술 한잔하며 솔직한 대화를 나눌 시간이 필요합니다. 말하지 못한 것들, 불편했던 상황에서의 진심을 조금씩 드러내고 상대에게 이해받으며 털어내는 의식을 말이지요. 친밀한 관계일수록 좀 더 현실적인 기대를 할 수 있어야 합니다. 자칫하면 상대에게 과도한 환상을 갖게 되는 경우가 참 많은데 이는 불화의 씨앗이 됩니다.

다른 사람을 내가 통제할 수 없다는 것은 너무도 당연한 명제입니다. 하지만 가까운 관계에서는 종종 이 말을 잊어버리지요. 그러면서 가까운 이가 나에게 안겨준 실망에 너무 큰 의미를 붙입니다. '절대 일어나서는 안 되는 일'이라고요. 사실, 아무리 친밀하고 가까운 이라도 온전히 나의 범주에 속할 수는 없습니다. 배우자, 연인, 정말 오래된 친구 모두 완벽한 타인입니다. 타인은 내 마음처럼 움직여주지 않아요. 아무리 가까운 사이어도 타인은 내 뜻대로 움직여주지 않음을 받아들여야 합니다.

관계에서 내가 원하는 것과 할 수 있는 것을 구분할 필요가 있습니다. 원한다고 해서 다 할 수 있는 것은 아니에요. 타인과의 관계가 바로 그러합니다. 친밀한 관계에서 기대감은 당연한 감정이겠지만 그렇다고 그 기대가 '반드시 그래야만 하는' 의무가 되어서는 안 됩니다. 친밀한 관계일수록 오히려 적절한 거리감은 꼭 필요합니다. 타인과 너무 밀착돼 있다면 필요 이상의 기대를 하며 의지하게 됩니다. 서로 깊이 의존하는 것은 좋지만 그것은 영원하지 못해요. 너무 가까이 밀착한 고무공은 보기 싫게 찌부러지고 결국 그 반발력으로 튕겨 나오기 마련이니까요. 적당히 떨어진 거리에서 매끈하게 함께 있는 모습이 가장 보기 좋은 법입니다.

우리는 왜 항상 좋은 사람이 되고 싶은 것일까?

‘사람 좋다’라는 말 뒤에 숨은 그림자

⋮

현수 씨는 평소 ‘사람 좋다’라는 말을 자주 듣습니다. 현수 씨는 매사에 자신의 의견을 드러내는 법이 없습니다. 친구들의 생각에 대해서 고집을 피운 적도, 누구와 다투어본 경험도 없어요. 타인이 내는 의견에 항상 맞춰줍니다. 그래서 학교에서든 직장에서든 그의 별명은 ‘배려의 아이콘’입니다. 사실, 이 별명은 칭찬의 의미라기보다 조롱하는 느낌이 더욱 강하지만요. 현수 씨는 타인에게 굉장히 이타적입니다. 친구가 무리한 일을 부탁하더라도 거절하지 않습니다. 아니, 실은 못 합니다. 때로 강요에 가까운 부탁을 하더라도요. 현수 씨에게는 누군가의 요구에 안 된다는 말을 하기가 너무 힘들기 때문입니다.

현수 씨는 자신에게 '갑'으로 행동하려는 이들을 많이 만납니다. 배려로 시작된 관계에서 어느새 타인의 요구에 다 응하고 있는 자신을 발견할 때면 회의감이 들기도 합니다. 관계는 상대의 일방적인 행동으로 깨지고 상처받는 경험도 자주 합니다. 자신도 모르게 상대에게 다 맞추어주려는 행동은 그들이 현수 씨를 더 함부로 대하게 만들어버렸습니다. 현수 씨가 '상대적 갑질 유발자'가 되어버린 셈이지요.

현수 씨의 가까운 친구들은 이를 안타깝게 여깁니다. 현수 씨를 이용하려는, 누가 봐도 뻔히 보이는 수작에도 순순히 응하니까요. 친구들이 때로 화를 내며 말리지만 본인은 정작 씁쓸하게 웃을 뿐입니다. 속내는 너무나 복잡하지만요.

당신도 다른 사람에게 맞추어야 마음이 편한 사람인가요?
:

현수 씨의 마음에는 생각을 만들어내는 고정된 틀이 존재하는 듯합니다. 그 틀은 관계 안에서 항상 '남에게 맞춰야 해', '내 의견을 내는 것은 절대 안 돼'라는 강박관념을 만들어냅니다. 어기지 못하는 마음의 명령 같은 느낌이에요. 상황을 항상 같은 결로 바라보게 하는 오랜 관점을 전문 용어로 스키마라고 합니다. 현수 씨의 삶에는 관계에 대해 무작정 맞추어 주는 '복종' 스키마가 스며들어 있고요.

현수 씨의 부모님은 굉장히 엄하면서도 한편으로 타인의 시선을 과하게 의식하는 분이었어요. 타인에게는 누구보다 친절한 호인이지만 자녀들에게는 굉장히 엄격했습니다. 어린 마음에 부모님께 부리는 어리광도 전혀 받아들여지지 않았어요. 예의 바른 사람이 되어야 하고 절대 다른 사람에게 나쁘게 보여서는 안 된다는 말을 입버릇처럼 하셨습니다. 그런 부모님 밑에서 자란 현수 씨 마음속에는 '내 의견을 내는 것은 좋지 않은 것, 타인에게 맞추는 것이 좋은 것'이라는 메시지가 남겨졌고 시간이 지나면서 단단하게 굳어졌습니다.

성장 과정의 경험은 스키마라는 색안경을 만들고 성인기의 관계에도 영향을 줍니다. 이때, 스키마는 마치 고장 난 기계장치 같습니다. 뜬금없는 타이밍에 작동해 이해할 수 없는 몸과 마음의 반응을 만들어내니까요. 누가 봐도 전혀 그럴 필요가 없는데 타인에게 다 맞춰주어야 할 것 같은 부담을 느끼는 현수 씨처럼요.

배려가 항상 옳기만 한 것은 아니에요
:

타인과의 관계에서 항상 굽히게 되면 무슨 일이 생길까요? 수평적인 관계 이를 테면 친구, 연인, 동료 사이에서도 위계서열이 생기게 됩니다. 내가 먼저 을이 되면 상대는 자연히 갑이 되는 셈이지요. 물론, 이때 상대도 나에게 맞춰주고 배려하면 참 아름다운 그림이 됩니다. 하지만 대부분은 그렇지 못해요. 어느 새부터 내가 맞춰주는 패턴에 익숙해져 관계는 기울기 시작합니다. 갑이 된 상대방은 요구하는 데 익숙해지고요.

습관적으로 타인에게 맞춰주지만 그렇다고 타인의 존중에 대한 욕구가 없는 것은 아닙니다. 내 에너지를 상대에게 쏟으면서 타인도 언젠가는 자신을 배려해주기를 마음 깊은 곳에서 바라게 됩니다. 하지만 그 욕구는 이미 크게 기울어진 관계에서 절대 충족되지 않아요. 그러면서 점점 지치기 시작합니다. 억눌린 감정이 사소한 이유로 폭발하고 어렵게 맺은 관계가 무너지게 돼요.

또 항상 배려하는 이는 나르시시스트들의 좋은 먹잇감이 됩니다. 참 신기하게도 나르시시스트들은 순종적인 이들을 만나는 순간 화학작용을 일으키듯 금세 들러붙는 경우가 많아요. 이기적이거나 착취적 행동을 하고 끊임없이 가스라이팅을 합니다. 순종적 상대는 이런 행동에 더 깊이 종속되며 그 패턴은 점차 강화됩니다. 안타까운 악순환입니다.

관계의 건강한 균형을 찾는 태도
∶

자신이 상대적 갑질 유발자라 느껴지나요? 그렇다면 내 마음에 스키마라는 낡은 기계장치가 숨어 있음을 인식해야 합니다. 그 기계가 작동하는 순간 '상대에게 다 맞춰야 해'라는 생각이 끊임없이 올라오고 쩔쩔매게 되는 것이죠. 그러니 마음속 스키마가 활성화되는 촉발 상황들을 정리할 필요가 있습니다. 자신이 취약한 상황, 항상 주눅이 드는 특정 인물이 있을 거예요.

스키마가 작동하는 순간 그 느낌과 생각에 압도되지 않으려면 그전에 신호를 포착해야 합니다. 복종의 스키마가 시작될 때는 가슴이 두근거리거나 마음 한쪽이 짓눌리는 느낌, 왠지 몸에 힘이 빠지고 위축되는 듯합니다. 그러면 그 순간을 알아차리고 벗어나려 해야 합니다. 어딘지 모르게 마음이 불편하다면 상황에 거리를 두고 가만히 멈추어서 마음을 관찰하고 들여다보는 것이지요.

그리고 건강한 이의 관점에서 이 상황을 받아들이고, 느끼고, 행동하는 연습이 필요합니다. 주변에 관계에서 만큼은 닮고 싶은 친구가 있다면 그 친구는 이 상황에서 어떻게 할지 생각해보세요. 자신의 의견을 분명히 말하고, 부담이 되는 부탁은 단호하게 거절해봅시다. 딱 잘라 거절하기 힘들다면 하얀 거짓말을 해도 좋아요. "내가 오늘은 사정이 있어서 부탁을 들어주기 어려울 것 같아"라고요. 잠깐 미안함이 들 수 있지만 괜찮아요. 누구에게도 피해주지 않는 선한 거짓말이니까요. 타인의 무례한 요구에 무조건 복종하는 태도를 반복하는 것이 가장 최악의 선택입니다.

앞에서 소개했던 나–대화법도 유용합니다. 상대가 경계를 넘어 내 영역을 침범했을 때 마음이 불편하고, 속상하다는 표현을 하는 것입니다. 나의 주장이 갈등을 유발하지는 않을까 염려된다면 마음을 먼저 열어서 보여주는 대화로 부드럽게 감정 표현을 해봅시다.

관계는 어디까지나 상대적이에요. 타인을 향한 배려도 좋지만 무조건적인 복종은 자신을 갉아먹고 상대의 갑질을 유발합니다. 당연하니까, 익숙하니까, 그렇게 하지 않으면 나를 싫어할 테니까 등의 이유로 타인에게 맞추어 온 결과 지금 어떤가요? 물론, 잠깐의 안도감은 들 수 있습니다. 하지만 단기적 보상 뒤에 수반되는 긴 시간의 고통은 더욱더 깊고 큽니다. 지금껏 맺어온 관계가 그동안 얼마나 많은 건강한 관계의 기회를 앗아 왔던가요. 그 대가를 깊이 생각해볼 수 있다면 관계가 향해야 하는 방향을 가늠할 수 있어요.

모든 사람에게 웃으면서 대하려다
뒤돌아서 울고 있는 나에게

미움받는 것보다 자신을 포기하는 것이 낫다고 생각하나요?
:

연수 씨는 올해 처음 대학에 들어간 새내기입니다. 모든 것이 새롭고 처음인지라 설렘을 안고 대학 생활을 시작합니다. 하지만 마주하는 새로움이 항상 즐거움을 주지는 않았어요. 특히, 그를 힘들게 했던 것은 동기, 선배들이 쉽게 내뱉는 말이었습니다. 내향적인 성격의 연수 씨는 사람들을 사귈 때도 넓지 않게, 좁고 깊이 만나는 방식이 더 편했습니다. 더 어릴 때도 마음 맞는 몇 명과만 어울리는 조용한 아이였지요.

대학교에 들어와 이전보다 훨씬 많은 이들과 다양한 층위의 관계를 맺으면서 연수 씨는 사람들에 대한 불편함과 일종의 공포감을 느끼게 됐습니다. 우연히 마주친 동기가 건넨 "오늘 좀 피곤해 보이네"라는 말에 종일 거울을 들여다보고 자신도 모르게 고개를 숙여 다른 이들의 시선을 피하기도 했어요. 별것 아닌 말들이 마음에 던져지면 큰 동심원을 그리며 퍼져나가 마음을 흔들었습니다.

어느 날은 연수 씨가 아무 생각 없이 건넨 말이 와전되어 한 친구에게 오해를 사게 되었고, 그 친구가 SNS에 연수 씨를 비난하는 글을 올렸다는 사실을 알고 나서는 학교에 나가는 것이 끔찍하고 공포스러워졌습니다. 누군가가 나를 그토록 미워한다는 사실이 너무 두려웠습니다. 사람들의 눈을 똑바로 바라보는 것조차 어려워졌어요.

타인에게 미움을 받아본 적이 있나요? 복잡한 사회에서 살아간다면 우리는 필연적으로 다른 이들과 부대낄 수밖에 없어요. 무인도에 혼자 사는 것이 아닌 이상 누군가와는 사랑하고 또 누군가와는 다투고 미워하게 됩니다. 하지만 미움을 받는다는 사실이 결코 유쾌하거나 아무렇지 않을 수는 없습니다. 인간에게는 인정받고 또 사랑받고 싶은 욕구가 기본적으로 장착되어 있으니까요. 타인에게 부정적 평가를 받는다는 사실은 누구에게나 불편합니다.

때로 그 불편함은 연수 씨의 경우처럼 공포감으로 번지기도 합니다. 나를 미워하는 당사자는 물론이고 관련 없는 사람들까지 꺼려지고 불편해집니다. 심지어 어떤 이는 누군가에게 미움을 받았다는 사실이 평생의 트라우마가 되어 뇌에 씻을 수 없는 상처로 남아요.

모든 관계를 꼭 웃으며 대할 필요는 없어요
⋮

타인의 시선에 과하게 긴장하고 불안해하는 현상을 사회불안(Social Anxiety)이라 부릅니다. 사회불안의 바탕에 깔린 생각은 '저 사람이 나를 어떻게 평가하는지'에 대한 두려움입니다. 물론, 나를 좋아할 거라는 평가는 두려움을 만들지 않아요. 정확하게 말하면 부정적인 평가에 대한 습관적인 두려움이 사회불안을 만들어냅니다.

연수 씨처럼 사회불안을 가진 이들은 누군가 자신을 싫어한다는 사실에 과도한 두려움을 가집니다. 부정적 평가가 촉발 요인이 되어 마음 안에서는 온갖 억측과 끔찍한 결말들이 자동적으로 올라와요. 연수 씨의 마음속에서는 '이제 아무와도 친해지지 못할 거야', '외톨이가 되어 결국 학교를 그만둬야 할지도 몰라', '소문이 나서 평생 그 꼬리표가 따라다니면 어쩌지'와 같은 재앙적인 생각이 꼬리에 꼬리를 물고 이어졌습니다. 그 결과 항상 타인의 눈치를 살피고 웃는 표정으로만 대하려 합니다. 연수 씨는 갈등이 싫고 또 친절한 사람이 되면 상대도 자신을 잘 대해줄 거라는 생각이 강하게 듭니다.

하지만 생각의 습관이 반드시 모든 사실을 반영하지는 않아요. 그럴 때는 습관적으로 타인의 부정적 평가에 두려워함을 알아차릴 필요가 있습니다. 그러면서 그 사실에 다른 의미를 부여하도록 노력하다 보면 타인이 던지는 말의 영향은 줄어들게 돼요. 타인이 나에게 한 비난 그 자체가 상처를 주는 것이 아닙니다. 그 말에 대해 어떻게 받아들이는지가 상처의 크기를 결정합니다. 모든 상황을 억지로 웃으며 대하려 들수록, 나를 싫어하는 이가 있다는 사실에 큰 의미를 부여할수록 내 마음은 점점 좁아져요.

완전 반대 성향의 이들은 연수 씨와 같은 상황에서 이렇게 말할 것입니다. "내가 싫다고? 어쩔 수 없지 뭐. 네 의견이니까 존중할게. 마음대로 해"라고요. 그러면 타인의 말은 살면서 만난 사소한 해프닝 그 이상의 의미를 갖지 못합니다.

물론, 이런 성격을 가진 이도 사회에서 어려움을 겪을지 모르지만 적어도 연수 씨가 힘들어하는 사회불안에는 완전 반대급부의 받아들임이 효과를 발휘할 수 있어요. 그것이 습관적 받아들임과 그로 인한 힘듦을 인식하고 다른 결의 해석을 연습해야 하는 이유이지요.

미움받는 일은 세상 그 누구도 피해갈 수 없어요

모든 사람이 나를 좋아하면 얼마나 좋을까요. 하지만 나를 싫어하는 사람은 반드시 존재한다는 사실은 부정할 수 없습니다. 주변 사람 중 1/3은 이유 없이 나를 싫어합니다. 또 1/3은 나에 대해서 별 관심이 없어요. 나머지 1/3의 사람만이 나에게 호감을 가집니다.

그렇다면 우리가 에너지를 쏟아야 할 사람은 누구일까요? 연수 씨는 지금 자신을 싫어하는 사람, 싫어할지도 모르는 이들에게 염려를 쏟아 붓고 있습니다. 억지로 웃고, 친절하게 대하는 과정은 참 고단하고 피곤합니다. 우리가 가진 에너지는 한계가 있어요. 그러니 굳이 나를 싫다고 하는 이들의 마음을 돌리기 위해 혹은 별 생각이 없는 이들의 관심을 끌기 위해 에너지를 사용하지는 말아야 합니다. 타인의 마음을 붙잡으려는 공허한 노력은 물리적인 시간, 에너지, 기회의 한계를 가진 우리에게 너무 아까운 일이니까요.

설령 누가 나를 싫어한다면 이렇게 생각해보는 거예요. '전세계 60억 인구 중 몇 명이 나를 싫어한다고 한들 그게 내 삶에 얼마나 영향을 끼칠까'라는 식으로요. 타인의 부정적 평가가 본능적으로 마음을 불편하게 하지만 넓은 시야에서 보면 누군가의 미움을 받는 일은 어찌 보면 너무도 당연합니다. '모든 사람이 나를 좋아해 준다면!' 이 생각은 너무 흔하고도 당연한 욕구라 그렇게 되어야 한다는 착각을 하기 쉽습니다. 하지만 이는 로또가 세 번 연달아 당첨되거나 천지가 개벽하는 사건과 비슷합니다. 맞아요, 불가능한 일입니다.

우리는 자신을 좋아해주는 사람에게 에너지를 쏟아야 합니다. 나를 싫어하는 이에 대해서는 '아쉽지만 할 수 없지'라는 식의 빠른 체념과 수용이 필요합니다. 타인의 날 선 말에는 의도적으로라도 과한 의미를 부여하지 않아야 해요. 다른 이들의 평가를 너무 심각하게, 오랫동안 꼭 붙잡고 있지 말아야 합니다. 자신의 습관적 인식을 적어보거나 또 그 습관이 삶에 미친 영향을 톺아보는 시간도 필요합니다. 타인의 시선에 휘둘리며 살기에 우리 인생은 너무도 짧고 안타까울 만큼 아름다우니까요.

사랑하는 사람들에게 에너지를 쓰기도 부족하고 모자란 삶이에요. 나와 거리감이 있는 이들은 거리감이 있는 대로, 나를 싫어하는 이는 싫어하는 채로 그냥 내버려 두어도 됩니다. 결코, 모든 관계를 웃으며 대할 필요는 없어요.

버림받는 것이 두려워
멀어지기를 미루지는 않나요?

헤어짐은 두렵고 멀어지는 것은 어렵다면

:

희수 씨는 퀭하고 초점 없는 눈빛으로 진료실에 들어왔습니다. 말을 꺼내면서 조금씩 울먹이던 그녀는 어느새 울음과 말이 뒤섞이며 그동안 힘들었던 시간을 토해냈습니다. 희수 씨에게는 오래된 남자 친구가 있었는데 문제는 그의 태도였어요. 처음에는 한없이 잘해주던 듬직한 사람이었는데 어느새 희수 씨를 함부로 대하고 있었습니다.

내성적인 성격인 희수 씨의 행동에 '굼뜨다', '답답하다'며 짜증을 내기 시작하더니 이내 그녀가 하는 모든 일에 참견하고 깎아내렸습니다. 화가 나면 앞에서 소리를 지르거나 물건을 부수는 등의 행동도 서슴지 않았어요. "네가 잘되길 바라서 그런 거야. 내가 아니면 누가 그렇게 이야기해 주겠어?"라는 말에 겉으로는 고맙다며 웃었지만 속은 곪아가고 있었어요. 남자 친구는 희수 씨를 가스라이팅하며 자존감을 짓밟았습니다.

주변 친구들은 답답해하며 한사코 말렸습니다. 대체 그런 사람이 어디가 좋은지, 그런 취급을 받으면서까지 만나야 하느냐고요. 주변 사람들이 보기에 희수 씨와 남자 친구와의 관계는 전혀 이해되지 않았거든요.

사실, 희수 씨에게 이별은 공포였습니다. 아무리 자신을 고통스럽게 만드는 관계일지라도 그 끈이 끊어지는 것은 두렵기만 합니다. 남자 친구와의 다툼, 실은 일방적인 폭력에 가까운 시간 뒤에도 먼저 연락을 하는 쪽은 희수 씨였습니다. 조금만 연락이 되지 않아도 조바심을 내며 메시지를 수십 통 보내는 것도 결국 그녀였어요. 관계의 사소한 잡음만 생겨도 무척 힘들어하며 아무것도 할 수 없었거든요.

연인 관계를 통해 드러난 나의 자존감 문제

:

자존감의 구체적 형태는 연애를 통해 적나라하게 드러납니다. 연애는 우리가 경험하는 친밀한 관계의 정수이기 때문입니다. 과거에 겪었던 가까운 이들과의 관계 양상은 연인 사이에서도 다시금 재현되지요. 연애 관계 안에서는 우리가 받아들이고, 느끼고, 행동하는 방식이 더욱 명료해집니다. 이것이 바로 지금껏 해온 연애를 돌아보는 과정이 중요한 이유입니다.

관계 안에서 자신의 모습은 자존감의 높낮이를 재는 척도가 될 수 있어요. 어떤 이는 희수 씨처럼 헤어짐의 사소한 단서에 집착하며 끊임없는 두려움에 시달립니다. 또 다른 이는 연애 안에서 좀처럼 마음을 열지 못합니다. 세상에는 자신을 사랑하고 이해하며 공감해줄 수 있는 사람이 없을 거라 생각하니까요. 자신에게 다가오는 상대를 의심하고 불신하는 이도 있습니다. 자신에게 관심을 보이는 사람들은 항상 이용하거나 착취하려는 의도를 품고 있다고 생각하기 때문입니다. 사랑을 주고받는 것이 무척 생소한 경우예요.

나름의 안타까운 이유들 모두 마음의 수면 아래에서 은밀하게 작동합니다. 그러니 우리는 늘 하던 대로의 연애 패턴을 이어갑니다. 설령 그 연애가 반복적으로 상처만 남기는 데도요. 낯섦에서 오는 두려움, 익숙함에서 얻는 단기적인 안도감이 새롭고 건강한 관계를 만들어내는 가장 큰 장애물이 됩니다.

이제 상처뿐인 관계는 그만두기로 해요
:

관계에서의 거리감과 상대에게 버림받는 느낌을 동일한 것으로 착각하기 쉽습니다. 이별을 자존감을 무너뜨리는 끝없는 굴레로 여겨요. 거기서 벗어나려면 마음을 단단히 동여매야 합니다. 해오던 그대로 답습하기란 너무 쉽지만 그 궤도에서 벗어나는 선택은 결코 쉬운 일이 아니니까요.

먼저 연애를 해왔던 상대방의 요소를 잘 살피는 것이 중요합니다. 연애의 시작은 뇌세포에서 만들어내는 여러 화학물질의 연쇄 반응에서 비롯됩니다. 자신에게 잘 맞는 상대를 만나는 순간 도파민, 옥시토신과 같은 신경전달물질들이 몸과 마음을 지배합니다. 하지만 잘 맞는 상대라는 것 또한 다분히 학습의 영역입니다. 그동안 살아온 삶의 맥락, 지금껏 만났던 인상적인 사람들과 나누었던 경험과 무관하지 않아요. 냉담하고 자신을 전혀 헤아려주지 못했던 어머니 밑에서 자란 이가 아이러니하게도 무심하고 냉정한 연인에게 익숙함을 느낍니다. 익숙함이 자신에게 주었던 상처를 무의식이 구별해내지 못한 탓입니다. 그래서 자신도 모르게 상처를 주는 유형의 상대를 또 선택하게 되기도 합니다.

비슷한 특징을 가진 연인에게 항상 같은 상처를 받았나요? 그렇다면 정반대의 상대를 만나보기 바랍니다. 자기 파괴적인 익숙함에 매몰되지 않고 새로운 경험들을 마주하기 위해서라도요. 지루해 보이는 상대는 다른 관점에서 보면 안정적인 사람일 수 있습니다. 익숙함에 숨은 가시를 잘 살펴야 해요.

연애 안에서 느꼈던 감정, 생각, 해왔던 행동들에 대한 알아차림의 연습도 필요합니다. 항상 관계의 끝에 대한 공포에 압도되었다면 그런 감정을 일으키는 신호들을 정리해보는 것도 도움이 됩니다. 답장이 없는 문자 메시지, 받지 않는 전화, 데이트 후 헤어질 때 연인의 미묘한 표정 등이 그 신호가 될 테지요. 노트를 펼쳐 반복되는 연애의 여러 요소들을 담담히 기록하다 보면 관계에 임하는 자신의 태도를 알아차리게 되고, 고통스러운 연애사를 바꾸는 힘이 됩니다.

연인에게 온건한 감정 표현과 자기주장을 하며 그 반응에 대한 인내를 연습해야 해요. 버림받음의 덫에 빠진 이는 연인과의 갑작스러운 이별이 두려워 함부로 대하는 상대에게도 '그러지 말라'는 말을 꺼내기조차 어려워합니다. 하지만 불필요한 인내는 고통을 만들고 결국 연애 자체를 힘들게 만들어요. 또 억압된 감정은 우울감으로 번지게 됩니다. 관계의 무게추가 한쪽으로 크게 쏠린 후에는 다시 균형을 회복하지 못하는 경우가 많아요. 먼저 '좋다', '불편하다', '행복하다'라는 식의 단순한 감정 표현부터 해보세요. 그러면서 그 감정에 타인이 어떻게 반응하는지도 살펴봅시다. 걱정과는 달리 꽤 자연스러운 대화로 이어짐을 알게 됩니다. 습관적 두려움과 다른 결의 경험은 무의식에 숨은 왜곡된 시각을 조금씩 바꾸어 나갑니다. 이런 식으로 점차 자연스러운 감정 교류의 경험을 쌓아가야 해요.

상대와 자연스럽게 멀어지는 것과 버림받는 것, 두 상황은 분명 다릅니다. 연애 중인 연인들은 항상 평행선을 달리지 않습니다. 방향이 살짝 어긋나 더 멀어질 때도 또 가까워질 때도 있는 법이에요. 연애 안에서의 관계 기복을 인정합시다. 우리 마음도 항상 파도처럼 출렁이듯 두 사람의 관계도 그러합니다. 멀어진다 싶을 때 느끼는 공허감을 채울 취미, 소일거리, 흥미의 대상 등을 찾아두는 것도 좋겠습니다. 혼자 있는 느낌도 꽤 괜찮음을 배울 수 있게요.

부디 헤어짐을 두려워하지 않았으면 좋겠습니다. 누군가와 만나고 헤어지는 일은 삶의 서사에서는 너무나 자연스러운 일입니다. 역설적이지만 헤어짐이 두려운 이들이라면 오히려 이별을 힘들게나마 견디고 자신을 잘 다독여보는 경험이 꼭 필요합니다. 이별은 누구나 힘들지만 그 과정을 거치며 성장해갈 수 있으니까요. 상대와의 멀어짐이 우리를 성장하게 한다면 그 이별은 더 이상 끔찍한 버림받음이 아닙니다.

마음에 난 구멍을 채우기만 하면
완벽하게 행복해진다는 착각

예쁘고 화려한 것들 틈에서 자꾸만 작아 보이는 나
:

지영 씨는 방 안에 널브러진 빵, 과자 봉지들 앞에서 마음이 복잡해집니다. 그녀는 모두 잠든 시간에 몇 봉지의 과자와 빵, 맥주, 라면 등을 목에 신물이 올라올 정도로 정신없이 밀어 넣었습니다. 심지어 1시간도 채 걸리지 않아서요. 그러다 밀려드는 자괴감과 '살이 찌면 어떡하나' 하는 공포감에 당장 화장실로 달려가 게워냈습니다. 손가락을 목 안 깊숙이 밀어 넣으면서는 구역질과 함께 눈물이 맺혔습니다. 오늘은 절대로 하지 말아야겠다고 다짐했지만 결국 저질러버린 행동 앞에서 그녀는 나약하고도 못난 자신을 탓했습니다.

그것은 과식을 넘어선 폭식이었습니다. 분명 배고픔을 채우려는 의도만 있지는 않았던 것 같습니다. 그녀는 자신의 마음속 어딘가에 큰 구멍이 뚫려 있음을 자주 느꼈습니다. '허무하다', '공허하다', '의미 없다'라는 말을 입버릇처럼 중얼거렸습니다. 하루가 의미 없이 흘러간 듯한 느낌이 들 때면 심한 조바심과 함께 급격한 허기가 그녀를 괴롭혔습니다. 배고픔은 폭식을 부르고 정신없이 폭식을 하고 나면 불안함에 억지로 구토를 했습니다. 그러면서 자신을 자책하는 삶은 매일 반복되었지요.

그녀는 자신을 '혐오스럽다'고 이야기합니다. 자꾸 불어나는 것만 같은 몸, 군데군데 흘러나온 듯한 군살, 생기를 잃은 표정은 그 누구도 자신을 좋아할 수 없을 거라 생각하게 만듭니다. 한때는 두 달 간의 금식에 가까운 다이어트로 위험한 수준의 저체중을 경험한 적이 있었는데 그 정도가 되지 않으면 자신은 못나 보일 거라고 생각합니다. 매일 다이어트를 결심하고, 억지로 식사를 참고, 그러다 어느 순간 빗장이 풀리듯 식욕이 폭발했습니다. 거식과 폭식을 오가는 위태로운 삶이 계속됐고, 사람들 앞에서는 날로 주눅들어갔습니다.

사실, 지영 씨의 외모에 대한 집착은 중학교 때 시작되었습니다. 그 나이 대의 아이들이 그러하듯 지영 씨 역시 이성에 대한 호기심, 외모에 대한 관심이 컸습니다. 어느 날 아주 사소한 이유로 같은 반 남자아이들에게 놀림을 받았는데, 그 무리에 그녀가 좋아하던 친구가 있음을 목격하고는 예뻐져야겠다고 결심을 하였습니다. 있는 그 자체로 충분히 예쁜 나이지만 식사를 마다하고 억지로 굶기 시작했습니다. 그렇게 하면 그 누구도 못나 보인다는 말을 못 하고 오히려 관심을 보일 테니까요. 마음에 오랫동안 간직되어 온 왜곡된 상(像)은 그때부터 시작되었습니다. 폭식과 거식 행동의 가장 깊은 곳에는 왜곡된 자기상이 숨어 있었던 것이지요.

우리 주변은 예쁘고, 멋지고, 화려한 것들로 가득합니다. 사람들은 SNS에서, 메신저 프로필 사진에서 저마다 최고의 순간과 모습을 올리게 될 테고 제3자는 그 모습을 볼 수밖에 없습니다. 성형수술을 처음 생각하는 평균 연령은 어느새 중학생 나이 대로 내려왔습니다. 그만큼 외모에 관심이 지대해지고 또 이를 섣부른 방법으로 바꾸려 합니다. 다이어트가 일생의 과제가 되고, 날씬하고 멋진 외모는 최고의 가치인 것처럼 비추어집니다. 그러니 SNS상에 보이는 타인의 모습과 나를 비교하게 될 수밖에요. 거울 속의 나는 왠지 못나 보이고 둔해 보여 자신이 한없이 밉게만 느껴집니다.

예뻐지고 싶은 마음도 지나치면 나를 해쳐요
:

거식증과 폭식증 모두 식이 장애에 속합니다. 식이 장애를 불러일으키는 심리적 요인 중 하나는 과잉 통제에 대한 욕구입니다. 체중을 조절함으로써 스스로 '노력을 통해 무언가를 조절하고 있다'라는 인식을 얻기 위함입니다. 마음먹은 대로 할 수 있는 요소가 자신의 삶에 있다는 느낌이 안도감을 주기도 하고요. 노력을 해서 원하는 만족을 얻고 싶다는 의도 자체는 건강합니다. 하지만 타인에게 비추어지는 외모, 체형, 체중 때문에 부담을 짊어지는 것은 결코 건강한 부분이 아닙니다. 또 마음대로 할 수 있다는 것 역시 큰 착각인 경우가 많아요. 왜곡된 자기상에서의 결핍은 과도한 체중 조절을 통해서만 충족된다고 느낍니다. 때로는 목숨을 위협할 정도의 거식 행동이 시작돼요. 심지어 그런 상태도 오래가지는 못하고 지영 씨의 경우처럼 그 자체가 촉발 요인이 되어 폭식을 부릅니다. 예뻐지고 싶은 욕망이 식이 습관의 균형을 무너뜨리고 오히려 해로운 행동을 일으키는 셈이지요.

마음에 난 구멍, 꼭 채워야만 할까요?
⋮

외모의 문제는 자존감과 직결됩니다. 특히, 오래된 문제라면 더더욱 그러합니다. 어린 나이일수록 정체성에서 외모가 차지하는 비중이 꽤 높습니다. 또래 집단에서 타인과의 관계를 맺는 데도 큰 영향을 주지요. '못나 보인다'라는 부정적 자의식은 친구들 앞에서 주눅이 들게 합니다. 소외감을 느끼며 다른 사람들에 비해 초라해 보인다는 생각을 지울 수 없습니다. 한창 예민한 시기이기에 더욱 그러하지요.

요즘 청소년들 사이에서는 외모를 평가한다는 뜻의 '얼평'이라는 말이 자주 쓰입니다. 여물지 않은 나이 대에 타인의 외모를 두고 쉽게 평가하는 분위기는 항상 자신이 다른 사람에게 어떻게 보일지를 집착하게 만듭니다. 내 외모가 못나고 뚱뚱해 보인다는 생각에 사로잡히면 모든 일에 자신감이 사라지기도 합니다. 결국, 이 모든 요소들이 낮은 자존감의 문제로 고스란히 이어질 수밖에 없어요. 외모에서 시작한 자존감의 파열음이 삶의 곳곳에서 잡음을 일으킵니다.

외모는 내가 가진 정체성의 일부이고 자신이라는 큰 배경을 이루는 작은 조각에 불과함을 인정해야 합니다. 굶어서 혹은 과한 성형 수술을 통해서 섣불리 아름다움을 얻는다 해도 자기만족이 아닌 타인의 인정과 평가, 시선에 얽매인 가치를 추구한다면 결코 좋은 결과를 얻을 수 없습니다. 마음은 항상 공허하고 타인의 시선에 시달리기는 매한가지일 뿐이죠. 절대적인 만족이란 세상에 존재하지 않아요. 무엇으로도 채워지지 않을 것들에 끊임없이 채워 넣으려는 행위는 얼마나 허무한가요.

그렇다면 마음에 난 구멍을 꼭 채워야 할까요? 그 구멍을 완벽하게 채울 수 있는 단 하나의 퍼즐 조각은 세상에 존재하지 않습니다. 구멍만 들여다보고 있으면 그것은 내 삶의 가장 큰 결핍으로 보여요. 우리는 조금 멀리 떨어져서 그 구멍이 나에게 있음을, 안타깝지만 채워지지 않을 수 있음을 받아들이려 노력해야 합니다. 우리에게 필요한 것은 자신의 부족함을 인정하면서도 강점 또한 함께 끌어안으려는 태도입니다. 아직은 부족하다고 느낄지라도요. 많은 심리 연구에서 마음속 특정 대상을 바꾸려 집착하는 행동은 오히려 그 대상을 거대한 두려움으로 바꾼다고 이야기합니다.

잠시 마음속의 하얀 곰을 떠올려 볼까요? 한 선전에 나오는 장난기 가득한 하얀 곰이 빙판 위를 걸어 다니는 장면이 떠오릅니다. 잠시 후 다시 하얀 곰을 일부러 생각하지 않도록 해 보겠습니다. 이번에는 절대로, 절대로 하얀 곰을 떠올리면 안 됩니다. 절대 하얀 곰을 떠올리지 말라는 지시에 삭제 버튼을 누른 듯 머릿속에 자리한 곰의 이미지가 금방 사라질까요? 결코 그렇지 않습니다. 원치 않는 이미지는 없애려 하면 할수록 더욱 강렬하고 빈번하게 떠오릅니다. 참 역설적이지요. 이를 '백곰 효과'라 합니다.

자신이 싫어하는 외모, 체형을 바꾸려는 무리한 집착을 통해 결핍은 오히려 마음속에서 더욱 거대해집니다. 그러다 나의 자존감을 갉아먹게 될 테고요. 그러니 우리에게는 집착보다 내려놓는 지혜가 필요합니다. 마음의 문제는 삭제보다 '받아들임'과 '흘려보냄'이라는 키워드가 해답에 더욱 가깝습니다.

PART
4

속마음, 이제 감추지 말고
당당하게

지금 흔들리는 그 마음에는
다 이유가 있어요

상황을 보지 말고 내 마음에 초점 맞추기

:

세상의 거센 물결이 나를 덮쳐올 때, 우리는 그 파도를 넋을 잃고 바라보게 됩니다. 왜 하필이면 나에게 이런 일이 들이닥쳤는지 원망하는 마음만 들어요. 일상이 기분을 뒤흔들 때도 마찬가지입니다. 사사건건 트집을 잡는 직장 상사, 마주칠 때마다 불편한 인상의 친구, 출근길에 일어난 자동차 사고 등 우리가 마주하는 상황들은 때로 참 받아들이기 어렵고 불쾌합니다.

"나를 불편하게 만드는 저 사람이 사라진다면, 과거로 돌아가 나를 괴롭히는 그 사건이 깨끗하게 없어진다면 얼마나 좋을까?"

이처럼 자신을 둘러싼 주변의 상황들이 바뀌었으면 하고 소망하게 되지요.

하지만 과연 그 소망이 쉽게 이루어졌던 적이 있었나요? 아무리 기도하고 바라본들 나를 괴롭히는 사람, 고통스럽게 하는 상황이 입맛에 맞게 바뀌었던 경험은 거의 없었을 테지요. 왜냐하면 우리를 괴롭히는 상황과 사건은 우리 손에서 벗어나 있기 때문입니다. 즉, 통제할 수 있는 성질의 것이 아니에요. 이 사실은 상황 자체를 탓하고 싶은 본능적 욕구와 충돌합니다. 분명한 것은 이미 일어난 상황은 절대로 바뀌지 않아요. 오히려 불가능한 일을 소망할수록 불쾌하고 불편한 기분에 매여 있게 만듭니다.

그럴수록 주목해야 하는 것은 상황을 대하는 우리 마음입니다. 기분에 끌려가지 않기 위해 상황과 사건에 자신이 어떤 반응을 보이고 의미를 부여하고 있는지 살펴야 합니다.

없애려 하면 할수록 더욱 강렬해지는 부정적인 마음
:

일상에서 불편한 상황과 마주했다고 생각해볼까요? 피부 밖, 즉 외부 세계에서 마주한 불편한 대상을 처리하는 방법은 아주 간단합니다. 그저 치워버리면 됩니다. 눈앞에 아른거리는 거추장스러운 물건은 보이지 않는 곳으로 옮겨버리면 됩니다. 그러면 불편한 대상은 시야에서 사라집니다.

그렇다면 마음속의 불편함은 어떨까요? 대개는 불편한 마음들을 없애려 듭니다. 불편한 기분이나 생각, 기억이 스칠 때 '나 이 생각하기 싫어', '이런 마음 드는 내가 너무 혐오스러워', '그때의 기억이 없어졌으면 좋겠어'라는 식의 반응은 너무나 흔해요. 그리고 늘 그렇듯 불편함에 싫다, 기분 나쁘다, 공포스럽다는 의미를 습관적으로 더하게 되지요. 그러니 그 거추장스러운 마음 안의 것들을 피부 밖의 물건 치우듯 당장 없애버리고 싶을 것입니다.

하지만 결과는 어땠었나요? 원치 않은 기억, 감정, 느낌을 없애고 싶지만 생각만큼 쉽게 되지는 않았을 것입니다. '생각하지 말아야지' 하고 애를 쓰다가 알게 됩니다. 마음속의 불편한 감정들은 없애려 하면 할수록 더욱 강렬해지는 것을요.

흔들리는 기분을 가만히 지켜보는 습관
:

누군가 퉁명스럽게 던진 한마디에 우리는 흔들리고 때로 무너집니다. 가까운 직장 동료가 잠깐만 표정을 찌푸려도 불에 데인 듯 얼굴이 화끈거리기도 하고요. 금세 불안하고 두렵고 슬퍼집니다. 마음이 요동치는 순간입니다. 잠잠했던 수면에 돌이 떨어져 커다란 파문을 일으키는 것처럼 연약한 내면이 급격하게 출렁입니다. 흔들리는 기분은 우리를 더 깊은 곳으로 끌고 들어가며 기분은 태도가 되어버려요.

기분이 우리를 뒤흔들 때는 마음의 속성을 잘 헤아릴 필요가 있습니다. 눈에 보이지도 않으면서 나를 이리저리 휘두르는, 이 예민한 녀석의 본질을 말이에요. 운동을 한다고 가정해볼까요. 보통은 나의 몸 상태와 하려는 운동이 어떤 식으로 도움이 될지를 먼저 생각합니다. 마음의 근육을 탄탄하게 만들려면 기분, 생각, 기억을 포함하는 마음이라는 존재에 대한 고민이 필요해요. 마음에 대한 철학적인 것부터 시작해 작동 방식을 아우르는 고민을 말이지요.

마음에서 소란을 일으키는 것들은 어떻게 다루면 좋을까요? 앞에서 이야기했듯 마음속의 '불편한 것들'을 없애려는 노력은 오히려 그 감정과 생각을 더욱 번져나가게 할 뿐입니다. 눈에 보이지 않는 것은 윤곽을 그릴 수 없고, 손에 넣어 통제하려 들면 금세 모래처럼 손가락 사이를 빠져나갑니다. 항상 경험하지만 마음에서 일어나는 문제들은 없애고 바꾸는 것이 그리 쉽게 허락되지 않습니다. 참 다루기 어렵습니다. 분명한 것은 마음에서 일어나는 일은 피부 밖의 일과는 그 본질과 방향이 다르다는 것입니다.

바꿀 것은 바꾸고, 받아들일 것은 받아들이고
:

"주여, 우리에게 은혜를 내려주소서. 그리하여 바꿀 수 없는 일을 받아들이는 냉정함과 바꿀 수 있는 일을 바꾸는 용기를 그리고 이 두 가지를 분별하는 지혜를 허락해주소서."

신학자 라인홀드 니부어의 「평온을 비는 기도」 중 일부입니다. 기분에 휘둘리는 내 마음을 다루려면 두 방향의 균형이 필요합니다, 하나는 '바꾸기' 다른 하나는 '받아들이기'입니다.

우리는 무엇인가를 항상 바꾸려 합니다. 더 나아지기 위해, 멋있어 보이기 위해 혹은 무시당하지 않고 상처받지 않으려 하지요. 노력하고, 바꾸고, 채워 넣기를 반복합니다. 서양의 합리주의는 마음 또한 수(數)의 덧셈과 뺄셈처럼 더하고 덜어낼 수 있다고 생각했습니다. 여기서 기인한 여러 심리 이론들은 마음을 어떠한 노력이나 기법을 통해 건강한 방향으로 바꾸어나갈 수 있다고 여겼지요.

하지만 이는 시간이 흘러 인간의 오만이었음으로 밝혀졌습니다. 머릿속에 떠오른 하얀 곰을 애써 지우려 할수록 더 자주, 더 오랫동안 떠오르듯 마음 안의 많은 것들은 바꾸려고 할수록 더 자신을 힘들게 하니까요.

라인홀드 니부어의 이 유명한 기도문처럼 바꾸어야 할 것과 받아들여야 할 것 사이의 균형을 생각해보면 좋겠습니다. 우리는 바꾸는 것, 바뀌는 것에 강박적입니다. 물론, 변하려는 노력은 중요합니다. 바뀔 수 있는 부분이 보인다면, 노력을 통해 조금이나마 삶의 변화가 일어날 수 있다면 참으로 다행입니다. 하지만 그렇게 되지 못하는 경우가 더 많아요. 당장 '건 강해지자'고 마음을 먹는다 해도 나를 둘러싼 환경과 서사의 맥락이 바뀌어 정말 건강한 행동으로 닿으려면 꽤 많은 시간 이 필요해요. 또 완벽한 변화는 세상에 존재하지 않아요. 우리 가 아무리 좋은 기회에, 최선의 노력을 해도 99퍼센트의 변화 후 1퍼센트의 부스러기는 남기 마련입니다. 그리고 그 남아 있는 부스러기를 없애기 위해 참 많은 에너지를 소모합니다. 참 기약이 없는 노력이지요.

그러니 변화와 수용의 변증법, 정(正)과 반(反) 그리고 합(合) 에 이르는 과정을 헤아려야 하지 않을까요? 바꾸기 어렵다는 인식의 끝에는 낭떠러지 같은 절망만 가득합니다. 하지만 이 상황에서 몇 발자국 멀리 떨어져서 본다면 끝이 없을 것 같던 낭떠러지도 끝은 있고 다시 딛고 시작할 수 있는 순간이 분명 히 있습니다. 굴러떨어지는 순간에는 좌절하지만 결국 이 또 한 흘러갑니다. 그리고 희망할 수 있는 날들이 언젠가 찾아옵 니다. 우리 삶은 언제나 기쁨과 슬픔을 오가는 출렁임의 연속 이니까요.

마음이 흔들리고 바뀌지 않을 거라는 좌절의 순간에는 그 상황과 자신에 대한 받아들임이 어려운 날을 견디는 희망이 될 수 있습니다. 바꾸지 못하는 것을 마주할 때 '그럴 수 있음'을 받아들이고, 그것들을 삶의 일부로 받아들여 보는 것. 마음을 활짝 열어 놓고 삶의 많은 것들이 그 공간을 다녀갈 수 있게 허용한다면 훨씬 더 자유로워질 수 있습니다.

길을 잃었을 때, 발밑이 아니라 머리 위 높은 이정표를 보는 지혜

나는 지금 무엇과 싸우고 있나요?

:

우리는 삶의 안팎에서 많은 문제와 부딪힙니다. 과도한 업무량, 지적과 비난을 일삼는 친구, 주식과 부동산으로 많은 돈을 벌었다 자랑하는 지인을 보며 느끼는 질투심이나 자존감을 건드는 타인의 말 한마디에 불붙는 불안 같은 문제들이 여기에 해당됩니다. 또한 기분도 자주 문제를 일으킵니다. 화가 나고, 짜증 나고, 우울해지는 탓에 삶은 갈대처럼 이리저리 휘청입니다. 우리는 안팎의 문제들에 너무 쉽게 사로잡힙니다.

그러고 나서는 그 문제가 만들어내는 깊은 늪에 빠져들기 시작해요. 싸움이 시작되는 것이지요.

사람들은 살아가며 참 많은 문제와 다툼을 벌입니다. 대부분 끝이 보이지 않는 싸움입니다. 삶이 내게 던지는 문제들을 붙잡고 싸우다 보면 시야는 점차 좁아집니다. 좁아진 시선의 끝에 걸리는 것은 끝나지 않는 싸움에 대한 좌절과 절망, 불안입니다. 또 그 다툼의 끝은 어떻던가요? 그 문제만을 바라보며 어떻게든 해결하려 들수록 그것은 우리의 삶을 집어삼키게 됩니다. 어떤 때는 내 삶이 그 문제로 가득 찬 듯 느껴집니다. 때로 그 문제를 반드시 해결해야만 삶이 앞으로 나아갈 수 있을 거라는 착각이 들기도 해요. 결국, 우리는 스스로 뛰어든 전쟁터를 벗어나지 못하게 되는 셈이지요.

문제의 바깥을 바라보는 연습
⋮

당신이 지금 다투고 있는 문제의 바깥은 생각보다 훨씬 넓습니다. 당장은 눈앞의 문제가 세상에서 가장 중요한 것만 같습니다. 저 사람만 내 앞에서 치울 수 있다면, 지금 당장 저 문제를 해결할 수만 있다면 삶이 더 명쾌해지고 행복할 것 같아요. 하지만 삶에서, 마음에서 100퍼센트 명쾌하고 명료한 답은 없습니다. 바꾸어 말하면 눈앞의 문제를 온전히 해결하려는 생각은 과한 욕심일 수 있어요.

지금 다투고 있는 문제에서 시선을 잠깐 거두어 밖을 바라봅시다. 눈앞의 전쟁터 너머 저 먼 곳을요. 현재 다투고 있는 문제가 해결되어야 다음 단계로 나아갈 수 있는 것은 결코 아니에요. 지금 고통받는 마음의 문제가 너무 오래됐나요? 그렇다면 그 문제는 해결되지 않을지도 모릅니다. 싸우는 전쟁터에서 꼭 승리해야만 삶이 이어지는 것은 아닙니다. 오히려 승리하기 위해 그 문제를 어떻게든 붙잡으려는 태도가 자신을 고통스럽게 하고 삶을 가로막아요.

우리에게는 불편함을 삶의 일부로 받아들이며 그 문제를 껴안고 다음 목적지로 발걸음을 옮기는 용기가 필요해요. 삶의 큰 그림에서 본다면 그 문제는 잠깐의 출렁임에 불과합니다. 지금 앞에 놓인 큰 고민도 실은 삶 전체라는 큰 맥락에서 보면 사소한 잡음일 수 있어요.

우리가 다투고 있는 문제가 삶 전체에서 꽤 큰 부분을 차지하고 있다 생각할지도 모릅니다. 하지만 삶의 지도에는 그보다 더 크고 넓은 영역들이 존재합니다. 그러니 아직 희망일 수 있는 나머지 영역들을 살피고 헤아려야 해요. 나와 나를 둘러싼 많은 사람과의 친밀한 관계, 직업적 성취와 보람, 개인적 행복, 삶의 여유 등이 바로 그 나머지 영역에 해당하는 것일 테지요. 이제는 오래된 전쟁터를 벗어납시다. 오랫동안 나를 괴롭혀온 사람, 사건을 놓는 데는 용기가 필요합니다. 놓지 못하면 삶은 여전히 그 작은 곳에 매여 있을 뿐이에요. 거기서 나와 삶의 다른 영역들을 향해 걸어갑시다. 이것이 바로 수용전념 치료에서 이야기하는 수용 그리고 가치로의 전념에 대한 이야기입니다.

해답은 이미 우리 삶에 나와 있어요

∵

고통스러운 일에 대해서 당신은 어떻게 맞서고 있나요? 누군가는 이렇게 된 세상을 원망하고 혹은 이런 일에 무너지는 자신을 향해 끝없이 자책하고 있을지도 모릅니다. 또는 그 문제를 바꾸거나 없애려고 사투를 벌일 수도 있습니다. 그렇다면 과연 그 방법이 정말 도움이 되었나요? 나를 흔드는 많은 것들에 맞섰던 방법이 얼마나 효과적이었나요? 아마 그 문제를 잘 다루고 통제했다고 말할 수 있는 사람은 거의 없을 것입니다. 고민이 100퍼센트 해결되는 일이란 없으니까요.

이제는 그 문제들을 붙잡고 뒹굴던 진흙탕에서 걸어 나와야 할 때입니다. 지난 시간 해오던 방법이 실은 효과가 없었다는, 슬프지만 분명한 진실을 받아들여야 합니다. 그래야 오랜 문제에 마침표를 찍고 거기서 벗어나는 용기가 생깁니다. 포기와 더불어 새롭게 열리는 삶의 지평이 맞닿는 지점입니다.

물론, 전쟁터에서 벗어나고 나면 또 다른 어려움에 직면하게 됩니다. 생각보다 전쟁터는 너무 좁은 곳이었고 그 바깥은 너무나 넓으니까요. 나오기는 했지만 이제 어디로 가야 할지 고민이 시작되는 것이지요. 그럴 때 이정표가 되어주는 것이 삶에서의 가치들입니다. 즉, 내가 삶에서 중요하게 여기는 것들이 앞으로 걸어가야 할 방향을 알려줍니다.

중요한 가치들은 꽤 깊은 고민을 통해 발견됩니다. 새로 만들어내는 것이 아니라 경험 안에서 길어 올려져야 한다는 말이지요. 자신이 직접 경험해보지 않은 것이라면 누군가의 인도는 아무런 의미가 없어집니다. 삶에서 정말로 행복하고 충만했던 순간을 떠올리며 그때 나를 만족시켰던 요소가 무엇인지 생각해봅시다. 어떤 이에게는 여행 중 외딴 곳에서 느꼈던 낯선 자유가 너무 행복했을 수도 있을 테지요. 그런 사람에게는 '자유로움'이 추구하고 싶은 방향이 될 것입니다. 또 다른 이는 고된 연습을 통해 마침내 원하던 것을 이뤘던 영광의 기억을 떠올립니다. 이때는 '성장과 발전'이 따라갈 가치가 됩니다. 저마다의 다양한 가치와 방향들이 삶을 앞으로 이끌어 갑니다.

어렵다면 몇 가지 질문이 가치를 찾는 데 도움이 될 수 있어요. 당신이 죽고 난 후 장례식에서 사람들이 둘러앉아 나에 대해 어떤 말을 해주길 바라나요? 내 삶이 어떤 의미를 지니게 되기를 바라나요? 당신의 삶 마지막에 남는 의미, 내가 되기를 원하는 모습이 바로 삶의 가치이며 걸어갈 방향입니다. 제게도 같은 질문을 던졌을 때, 저는 좋은 아빠가 되는 것과 삶의 자유함이 앞으로 걸어갈 길임을 알게 됐습니다. 그러자 자꾸만 일 중독과 같은 샛길로 빠지려 할 때 그 방향은 제 마음을 다시 가다듬게 도와주었습니다.

눈앞의 불편함에 압도되지 않으며 추구할 수 있는 훨씬 더 넓은 영역의 가치를 잘 설정하기 바랍니다. 발밑을 보며 걷기보다 저 너머 보이는 훨씬 높은 이정표를 바라볼 수 있다면 '나를 뒤흔드는 많은 것들이 실은 그리 큰 문제는 아니구나' 하는 더 넓은 시야를 갖게 됩니다. 마음은 자연스레 흘러가고, 더 단단한 삶의 방향이 생겨나게 됩니다.

우리 마음에 들어 있는
우주를 살피는 법

나도 모르는 내 마음의 숨은 역할

:

"열 길 물속은 알아도, 한 길 사람 속은 모른다"라는 말이 있습니다. 과연 마음에 실체가 있을까요? 인간의 마음과 정신은 오랫동안 인류에게 미지의 영역이었습니다. 한동안 인간의 마음은 함부로 다가갈 수 없는 숭고하고 귀중한 영역으로 여겨져왔어요. 수많은 고전에서는 인간의 타락, 고통, 행복이 마음에서 기인하며 종교나 어떤 극적인 계기를 통해서 이를 잘 통제하고 극복하는 것이 구원받는 길이라 설파하기도 했습니다. 그만큼 인간의 마음은 경외의 대상이며 언제든 타락할 수 있는 취약한 대상이기도 합니다. 과학이 발전하며 여러 영역에서 마음을 파악하고 통제하려는 시도를 해왔지만 마음에 관해서는 아직 밝혀지지 않은 것들이 더 많아요.

마음 자체가 가늠하기 힘든 대상이기도 하지만 파악하는 데 방해가 되는 요소들도 많습니다. 외부의 사건 사고를 비롯한 환경적 맥락, 흔들리는 기분, 고통스러운 상처의 기억 등이 마음을 들여다보려는 시야를 방해합니다. 이는 마치 얼룩진 렌즈로 마음을 들여다보는 것과 같아요.

마음은 실체가 없고 그 깊이를 헤아릴 수 없습니다. 그럼에도 자신의 마음에 가까이 가려는 노력을 게을리해서는 안 됩니다. 우리는 마음의 눈을 통해 세상을 바라보고, 느끼고, 행동하니까요. 마음을 좀 더 명료하게 파악하려는 노력이 필요한 이유입니다.

신라 시대의 고승 원효대사는 당나라로 유학하러 가던 길, 해골바가지에 담긴 물 덕에 큰 깨달음을 얻었습니다. 잠결에 마셨던 달고 시원한 물이 실은 해골에 고인 썩은 물이었음을 알게 된 원효는 세상 모든 일이 마음먹기 나름임을 알게 됩니다. 여기에 마음의 역할이 있습니다. 마음은 삶을 투과하여 다채롭게 빛내줄 프리즘이거나 온통 암흑으로 보이게 할 색안경일 수 있습니다. 이는 우리가 마음을 얼마나 잘 이용하느냐에 달려 있지 않을까요? 그러려면 각자의 마음을 조금 더 가까이서 들여다볼 필요가 있습니다.

내 마음을 들여다보는 공식을 알면 편안해져요

:

내 마음에 가까이 다가가려면 어떻게 해야 할까요? 마음을 들여다보는 데도 요령이 필요합니다. 다른 이들에게 도움을 받는 것도 좋아요. 자신을 객관화하고 통찰하는 좋은 방법 중 하나가 바로 심리 상담입니다. 타인과 마음을 표현하고 주고받는 사이에 삶에 드리워진 영향을 조금은 객관적으로 바라볼 수 있어요. 일상을 기록하는 일기 쓰기도 좋은 방법이고요.

마음을 좀 더 효율적으로 들여다볼 수 있는 공식도 있습니다. 바로 인지모델(Cognitive Model)입니다. 인지모델은 인지치료의 창시자 아론 벡이 인간의 마음이 어떤 식으로 작동하는지를 단순화해 치료에 적용한 모델입니다.

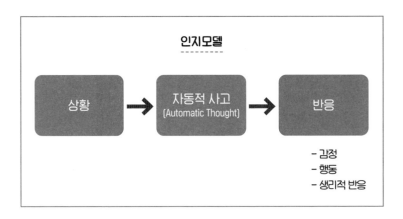

공식이라고 해서 어렵다고 느끼기 쉬운데 전혀 어렵지 않아요. 우리는 상황이 반응을 지배한다고 생각하기 쉽지만, 한 예로 오늘따라 오만상을 찌푸리고 있는 상사(상황)가 눈앞에 있다고 생각해볼까요. 그러면 종일 기분이 불편하고 자신도 모르게 위축됩니다. 때로는 손에 식은땀이 나기도 하고요(반응).

하지만 과연 모든 사람이 다 불편함을 느낄까요? 어떤 이들은 '뭐야, 왜 저래, 밥맛 떨어지게' 하는 식으로 크게 신경 쓰지 않을 수도 있습니다. 또 불편한 마음도 불안, 화('대체 내가 뭘 잘못했다고 저러는 거야? 열받게'), 우울함('나는 왜 항상 이런 취급을 받는 것일까? 나는 정말 최악이야') 등 저마다 여러 갈래로 갈립니다. 그 이유는 저마다 상황을 받아들이는 방식, 즉 상황에 대한 나름의 해석이 다르기 때문이에요.

　여기서 알 수 있듯 상황에 따라 반응이 결정되는 것이 아닙니다. 상황과 반응 사이에 알아차려야 할 한 단계가 더 숨어 있습니다. 바로 상황을 받아들이는 습관적 방식, 이를 자동적 사고라고 합니다. 자동적이라는 말은 의식하지 못하는 사이 상황에 대한 해석이 자동으로 흘러간다는 뜻입니다. 마음에 주의를 기울이지 않으면 우리에게는 어느새 의도치 않은 감정적, 행동적, 생리적 반응만이 남게 됩니다.

　잠시 멈추어 방금 마음에서 스쳐 지나간 생각이 무엇인지 헤아려보는 '단 몇 초의 시간'이 필요합니다. 기분이 크게 요동치는 날에는 상황을 탓하기 전에 자신이 이 상황을 어떻게 받아들이고 있는지 차분히 정리해보는 것도 도움이 됩니다. 과한 반응은 대개 과한 인식에서 유발되는 경우가 많아요. 이것이 알아차림의 과정입니다. 흐릿한 마음을 닦아내고 좀 더 명료하게 살피기 위한 첫걸음은 마음에서 일어난 일에 관심을 기울이는 노력일 것입니다.

마음을 여는 열쇠는 지금 손에 쥐고 있어요

:

결국, 마음을 여는 열쇠는 자신에게 있어요. 타인이 던진 말과 시선으로 마음에 격렬한 들끓음이 생겼다면 그 상황을 어떻게 받아들였을지 잠시 시간을 두고 생각해보아야 합니다. 시간이 허락한다면 노트를 펼쳐 직접 자신이 맞닥뜨린 상황, 그에 대한 자동적 사고, 반응을 차분히 정리해보는 것도 큰 도움이 됩니다. 기록하는 행위 자체가 마음에 있는 것들을 꺼내어 눈앞에 펼치는 행동이니까요. 마음에 거리를 두고 볼 수 있다면 이전에 조절할 수 없었던 것들에 어느 정도 통제력이 생기기도 하고요. 막연한 불편함이 설명할 수 있는 인과관계를 갖추는 순간, 마음에 큰 위안으로 다가올 것입니다.

마음을 인식하는 방법에 정답이 존재하는 것은 아닙니다. 사람들은 마음속에 각자의 우주를 끌어안고 살아갑니다. 우리가 가진 생각, 느낌, 그로 인한 행동들이 마음과 연결되어 있다면 적어도 어떤 상태인지에 대한 감각은 꼭 필요합니다. 마음의 렌즈에 묻은 얼룩을 닦아내고 좀 더 명료하게 들여다보면 그동안 보지 못했던 것들이 보이기 시작합니다.

마음이 만들어내는
생각의 오답

나도 모르게 만들어내는 마음의 오답

:

우리 마음도 때로는 오답을 만들어냅니다. 이게 무슨 말이냐고요? 생각을 마음에 담고 있을 때는 그것이 이상하다고여기지 못하는 경우가 많습니다. 오늘따라 직장 상사가 유독업무 실수에 지적을 많이 한다면 불안과 초조함, 좌절감 등 복잡하고도 다양한 감정이 들기 마련이지요. 어찌 보면 당연하지만 어떤 이는 종일 일을 손에 잡지 못하거나 심한 자책에 뜬눈으로 하얗게 밤을 지새웁니다. 이 상황에서 내 머리를 스쳐 지나가는 자동적 사고는 무엇일까요? 이를 테면 이런 것입니다. '일부러 저러나? 어지간히 내가 싫은가보다. 저런 것으로 나를 공격하는 걸 보니' 같은 생각들이 여기에 해당됩니다.

직장 생활을 해본 사람이라면 누구나 경험해보았을 테지요. 하지만 저 생각을 찬찬히 뜯어볼까요. 가만히 관찰해보면 저 논리는 객관적이지 않은 요소가 더러 있어요. 바로 '내가 싫어 의도적으로 저런다'는 생각입니다. 저 사람이 나에게 하는 행동이 마치 감정을 실어 의도적으로 하는 행동이라는 것이지요. 언뜻 보면 '그럴 수 있지, 그게 왜?' 할 수도 있지만 몇 가지 질문을 더 던져보겠습니다.

그 생각에 과연 근거가 있나요? 그렇지 않다면 굳이 그렇게 받아들일 필요가 있을까요? 상사가 나를 싫어해 일부러 저런다는 생각은 나에게 얼마나 도움이 되나요? 아마 세 질문 모두 '아니오'라고 답할 수밖에 없을 것입니다. 상사가 나에게 와서 '나는 네가 싫다'라는 말을 직접 건넨 게 아니라면 그 생각은 지레짐작이나 억측일 수밖에 없습니다.

우리는 종종 타인의 표정, 태도, 행동에서 많은 것을 읽어내려 하고 이를 당연하게 여깁니다. 사회적으로도 눈치가 빠른 사람을 센스 있다고 표현하고 이를 장점으로 여기기도 하니까요. 하지만 가능성과 사실은 구별되어야 합니다. 과한 지레짐작은 마음을 힘들게 합니다. 툭 던진 말에 과한 의미를 붙이게 되고 괴로움의 늪으로 빠져들게 됩니다. 상사의 지적을 '내가 싫어서, 일부러 저런다'는 인식으로 받아들이게 되면 그의 표정이나 행동은 더 두렵고 불편하게 다가오기 마련입니다. 나중에는 직장 생활 내내 자신을 괴롭히게 될지도 모릅니다. 내 마음이 만든 덫에 내가 갇히게 되는 셈이에요.

이렇듯 습관적으로 하는 생각이지만 막상 마음에서 꺼내어 살피면 이상한 생각들이 참 많아요. 이를 생각의 오류, 즉 인지 오류(Cognitive Error)라 부릅니다. 타인의 의도를 지레짐작하는 것은 인지 오류 중 독심술(Mind Reading)의 오류라 하고요.

물론, 상사가 정말 내가 싫어서 의도적으로 지적을 하고 있을 가능성도 분명 있습니다. 하지만 100퍼센트 사실로 결론지을 수는 없습니다. 그렇지 않을 가능성도 분명 있을 텐데,

몇 가지의 정답지 중 나를 갉아먹는 답을 습관적으로 선택한다는 것이 가장 큰 문제입니다. 그렇게 받아들일 필요도 없고, 도움이 되지 않는 생각을 습관처럼 할 이유가 있을까요. 나를 불편하게 하는 생각에 먼지와 검댕이 많이 묻어 있어 명료하지 않고, 그 탓에 고통스럽다면 잠시 '타임'을 외쳐야 합니다. 그리고 약간의 거리를 두고 마음과 상황을 아울러 살펴야 합니다.

찬찬히 살핀 후 상사의 지적에 과한 면이 있더라도 내가 한 업무 실수에 대한 정당한 비판만 적절하게 걸러서 받아들이거나 '선배가 오늘따라 좀 예민한가보군' 정도로 헤아려 넘길 수 있다면 어떨까요? '내가 과하게 지레짐작하는구나, 그러지 말자'라고 생각하며 다독일 수 있다면 불편한 감정도 구름이 흐르듯 조금씩 시야를 벗어나게 됩니다.

마음을 뒤흔드는 인지 오류의 유형
⋮

한국보건사회연구원이 시행한 국민의 정신건강 행태를 주제로 한 연구에서 대상 1만 명 중 '인지 오류에 해당하는 습관이 있다'고 응답한 이가 90퍼센트에 달한다고 합니다. 생각보다 많은 사람이 습관적인 생각의 오답을 안고 살아간다는 말입니다. 앞에서 소개한 독심술 외에도 꽤 많은 종류의 오답들이 존재합니다. 내가 가진 인식의 습관에 어떤 오류가 있는지 생각해보면 마음을 좀 더 여러 측면에서 살피게 됩니다. 다음은 그 인지 오류의 유형입니다.

① 흑백논리: 작은 실수나 실패를 경험한 후 "나는 망했어!"라고 습관적으로 말하나요? 모든 것을 흑과 백으로 보는 시각입니다. 성공 아니면 실패, 100퍼센트 완벽함 아니면 100퍼센트 결함투성이로 보는 관점이 이 논리에 속하지요. 흑과 백 그 사이의 회색빛 스펙트럼은 훨씬 더 넓은 영역이며 우리 모두 그 사이 어딘가에 속하는 법입니다.

② 재앙화: 작은 단서로 엄청나게 끔찍한 사건을 예상하는 오류입니다. "내가 저 사람에게 잘 보이지 못하면 회사에서 적응하지 못할 테고, 회사를 그만둬야 하고, 그러고 나면 나는 어디에도 취직하지 못하고 노숙자로 살아야 돼!"라는 식입니다. 작은 것에서 너무 많은 과정을 한 번에 건너뛰고 파국적

결론을 생각하는 습관이지요. 재앙화가 자주 나타난다면 생각이 꼬리에 꼬리를 물며 불안을 유발합니다.

③감정적 추론: 그날의 시작이 어떤 기분인가에 따라 하루의 분위기가 좌우되는 경험을 해보았을 거예요. 기분에 따라 우리가 보는 세상의 색채가 바뀝니다. 즉, 불안한 상태에서는 세상 모든 것이 불안합니다. 우울할 때면 좌절할 일투성이지요. 사람들은 습관적으로 감정에 따라 주변 상황을 왜곡합니다. 현재의 감정을 스스로 알아차리지 못하면 감정에 따라 세상을 읽게 되어 흔들릴 수밖에 없어요.

④긍정적인 면의 평가 절하: "역시 난 안 돼, 내가 뭘 하겠어?", "내가 했던 거 전부 다 별거 아니야. 쓸모없는 거야." 자신에게 이런 말을 자주 하나요? 습관적인 자기 비하가 나타나게 되면 자신을 둘러싼 모든 것에 자신감이 사라집니다. 지금껏 잘해왔던 것들은 아무렇지 않은 일, 못한 일은 훨씬 더 못한 일로 폄하하게 되는 오류입니다. 개인의 부정적인 서사와 관련이 있는 경우가 많아요.

⑤ 개인화: 모든 갈등 상황에서는 나와 타인의 요소가 고루 있습니다. 더 자세히 보면 나와 타인 그리고 이를 둘러싼 환경적인 요소가 모두 관여하고 있어요. 하지만 개인화는 모든 일에 내 탓을 하게 만들어요. 습관적으로 사람들의 시선, 태도 등에 '나 때문인가?'로 시작하여 자신과 관련된 의미 부여를 하게 됩니다. 나와 관련이 없는 일에도 자신의 책임을 연결 짓고, 심지어 내가 피해자인 경우에도 스스로를 가해자로 몰아붙이기도 해요.

그 외 당위성의 오류('나는 꼭 이걸 해내야만 해!'), 과도한 일반화의 오류('이번 프로젝트에 물을 먹었으니, 다음에도 계속 그럴 거야') 등도 있습니다.

'절반 남은 물병'이 우리에게 주는 교훈
:
인지 오류는 우리 생각이 맞느냐 틀리냐를 찾기 위함이 아닙니다. 모든 상황을 습관대로 보지 않고 다른 측면으로 바라볼 수 있으며 자신의 인식 습관에 비틀린 부분이 있음을 깨닫고, 마음에서 몇 발자국 뒤로 물러설 수 있는 감각, 즉 알아차림을 연습하는 방법이라 할 수 있어요.

예를 하나 들어 볼까요? 물병에 물이 딱 절반 남아 있을 때 사람들은 두 가지 방향으로 그 상황을 바라봅니다. 하나는 '물이 반밖에 없다'는 조급한 관점입니다. 다른 하나는 '물이 반이나 남아 있다'라고 안도하는 시선이고요. 보통은 이 예에서 물이 반이나 남았다는 관점을 정답으로 여기며 '삶을 희망적으로 보자'라는 메시지로 받아들입니다. 하지만 두 관점 다 틀린 말이 아니에요. 그저 두 사람 모두 자기가 살아온 삶의 맥락에서 '항상 보던 대로 바라본' 것이지요.

이 이야기의 배경에 깔린 더 중요한 교훈은 모든 상황은 다양한 측면을 가지고 있다는 것입니다. 그러니 어떤 때에 마음이 흔들리고 있다면 잠시 뒤로 몇 발자국 물러나는 용기를 내고 습관적인 받아들임을 넘어 여러 측면을 아울러 생각하는 것이 필요합니다. 모든 삶의 순간에는 여러 의미가 존재하고 있으며 각자가 그 의미를 취할 수 있습니다. 아무리 절망적인 상황에서도요.

같은 상황이라도 늘 생각해오던 대로만 바라보는 것이 아닌 다른 여러 가지 답을 들여다봅시다. 찰나의 여유를 내 마음에서 끌어낼 수 있다면 우리는 얼마든지 마음을 지킬 수 있습니다.

불편한 손님처럼 찾아오는 고통도
기꺼이 받아들이는 마음

삶의 결과값은 행복이 아니라 고통입니다
⋮

우리는 삶에서 여러 고통을 경험합니다. 학대로 인한 마음의 상처, 다시는 겪고 싶지 않은 상실의 경험 같은 큰 고통뿐만 아니라 출근길의 번잡함, 가족간의 충돌, 친구와의 사소한 다툼 모두 삶에서 마주하는 고통입니다. '인생은 고해다'라는 부처님 말씀처럼 매순간 고통의 바다에서 표류하고 있는 듯합니다.

고통에도 등위가 있는데, 여기서 일차적 고통과 이차적 고통을 구분할 필요가 있어요. 일차적 고통은 통제할 수 없는, 뜻하지 않게 갑자기 일어나는 것들입니다. 출근길에 난 교통사고, 의도하지 않았던 실수로 인한 꾸지람, 오해로 인한 가족 간의 다툼 등이 여기에 해당됩니다. 노력한다고 대비가 되는 현상들이 아니에요. 마음에서 올라오는 불안, 두려움, 공포, 슬픔 같은 기분들 역시 마찬가지입니다. 상황적, 환경적 맥락에서 기인한 기분의 변화는 애를 쓴다고 막을 수 있는 것이 아니니까요.

기분이 우리를 뒤흔들 때 결국은 두 가지 갈림길 앞에 서게 됩니다. 그 불편함을 감내하고 받아들이거나 아니면 그 고통을 없애려 싸우고 다투는 것이지요. 이성적으로는 불편함을 수용해내는 방법이 더 효용적이라고 생각하지만 사람들은 본능적으로 불편함을 없애려 들거나 피하려 합니다. 그렇게 덫에 갇히고 마는 것이지요.

어떤 이유 탓에 우울한 기분에 빠지기 시작했다고 가정해 볼까요. 우울한 기분을 도저히 받아들일 수 없어 어떻게든 원인과 결과 모두 없애려 든다고 그 기분이 사라질까요? 당연히 그렇지 않습니다. 우울한 기분은 없애려 할수록 점차 그 덩어리가 커지고 또 무거워집니다. 불편함을 붙들고 있을수록 과거의 부정적 경험, 힘들었던 기억, 슬픔을 유발한 대상에 대한 분노 등이 씨줄과 날줄처럼 얽혀 금세 고통의 연결망을 형성합니다. 순식간에 커진 고통의 덩어리는 우리 기분을 더욱 강하게 바닥으로 끌어당기기 시작합니다. 일차적 고통(우울한 기분)에서 이차적 고통으로 이어지는 과정입니다.

일차적 고통은 받아들임의 영역에 속해야 합니다. 통제할 수 없고 미리 예방할 수 없는 것이라면 받아들이고 감내해야 합니다. 삶에서 일차적으로 만나는 고통의 대부분은 기본값입니다. 당신이 현재 느끼는 불편함이 무엇이든 그것은 오래 간직해온 마음의 습관 중 일부입니다. 지금 마음에서 올라오는 기분, 생각, 기억은 당신 삶의 역사가 있기에 나타날 수밖에 없는 너무나 자연스러운 현상이에요.

진짜 문제는 그 고통 탓이 아닙니다. 오히려 그 고통을 수용할 수 없을 때 발생합니다. 나는 이 고통이 너무 싫고, 혐오스럽고, 도저히 받아들일 수 없다는 부정적 의미를 부여하고 어떻게든 제거하거나 통제하려 애를 쓸 때 고통은 우리 삶을 집어삼키게 돼요.

불편한 손님처럼 기꺼이 받아들이는 태도의 중요성
:

불편한 기분을 받아들이는 과정이 결코 유쾌할 수만은 없지만 어차피 받아들이기로 했다면 그 과정에는 '기꺼이' 하려는 태도가 불편함을 줄이는 데 도움이 됩니다. 팔 벌려 환영하는 것이지요. 물론, 싫은 것을 안아주기가 쉽지는 않으니 연습이 필요할 테고요.

삶에서 마주치는 고통과 마음의 불편함을 갑자기 찾아온 불편한 손님을 맞이하듯 해봅시다. 불편한 손님이 집 앞에 찾아와 초인종을 누르고 있습니다. 마음은 자동적으로 불쾌하고 거부감이 듭니다. "저 사람은 또 뭐야?", "왜 하필 지금 여기에 찾아온 거지?" 하는 반감도 들어요. 어찌보면 당연합니다. 하지만 여기서 어떤 태도로 맞이하는지가 중요합니다.

도저히 받아줄 수 없어 손님과 문 앞에서 실랑이하고 언성을 높이고, 들어오려는 손님과 억지로 몸싸움을 하는 상황은 굉장히 소모적입니다. 다툼 자체도 불편하거니와 불편함은 분노, 짜증, 과민한 기분으로 번져나가게 됩니다. 이차적 고통의 시작이지요. 결국, 그 손님을 쫓아낸다 해도 불쾌감은 쉽게 사그라들지 않습니다. 언제 또다시 찾아오려나, 오면 또 싸워야 하는지 염려도 듭니다. 어찌 보면 손님과 다투는 것은 여러모로 에너지 소모가 큰 선택이지요.

　관점을 바꾸어 이렇게 한번 생각해볼까요? 손님은 결국 손님일 뿐입니다. 집으로 맞아들일 때 그리 편치는 않겠지만 어차피 손님은 집에 잠시 머물렀다가 다시 나갈 사람입니다. 집에 들어와 여기저기를 다닐 테지만, 가끔 눈길만 주고 현재 할 수 있는 일에만 집중하면서 시간을 보내면 결국 손님은 볼 일을 다 본 후 집을 떠나게 될 거예요. 영원히 내 곁에 머무르지 않아요. 그리고 손님이 집을 떠나고 나면 굳이 에너지를 쏟을 필요가 없어요.

　불편한 손님이 찾아올 때 기꺼이 문을 활짝 열어 놓아 보세요. '나는 당신과 다투지 않을 테니, 기왕 오는 거 마음대로 있다가 떠나가세요'라고 자신을 흔드는 기분에게 이야기해보는 것입니다. 의도적으로 불편함과 다투지 않을 수 있다면, 기꺼이 감내하겠노라 용기를 낸다면 우리 뇌는 삼엄한 경계를 조금씩 풀게 됩니다. 그리고 손님보다는 지금 하는 일에 더 집중하게 됩니다. 유연하고 여유 있는 태도로 삶의 불편함을 맞이하게 되는 것이지요.

지금 내가 느끼는 불편함은 언제든지 내 곁을 떠날 예정입니다. 현재 마음을 휘저어 놓는 불편함은 결코 영원하지 않아요. 불편함을 삶의 기본값으로 수용할 수 있다면 삶에서 마주하기 어려웠던 새로운 길들이 보일 것입니다.

어른스러운 말과 행동보다
중요한 것: 이해와 포용

어른스럽게 행동한다고 마음까지 어른인 것은 아니에요

:

유진 씨는 매번 사람들 사이에서 얼굴이 빨개집니다. 그녀는 항상 친구 사이가 어렵습니다. 어릴 때부터 그녀는 자신의 것을 내어주는 편이 더 익숙했습니다. 남에게 받는 것은 왠지 빚을 진 느낌이었어요. 기억도 나지 않는 어린 시절, 부모님의 이혼 후 그녀는 마치 핑퐁 하듯 부모님 사이를 오갔습니다. 재혼한 아버지 밑에서 눈칫밥을 먹다가 또 엄마에게 가서는 감정의 쓰레기통 역할을 해야 했습니다. 어느 곳도 편하지 않았어요. 항상 어른스럽고 반듯한 아이가 되어야 했으며 떼를 쓰거나 필요한 것을 요구할 자격이 자신에게는 없다 느껴졌지요. 원하는 것을 말하는 순간 모든 것들이 무너질 것만 같았거든요. 조금만 모자라도 사람들에게 버려진다는 감각은 어린 나이에 감당하기 너무도 끔찍한 공포였습니다.

성인이 된 그녀는 사람들 사이에서 눈에 띄지 않는 존재였습니다. 친구들 사이에서 우물쭈물하다 말을 삼켜버리는 경험을 여러 번 하다 보니 자기주장을 하기가 더 어려워졌습니다. 원하는 것, 좋아하는 일은 마음 한구석으로 밀려났습니다. 자연스레 친구들 사이에서는 조력자의 역할을 하게 되었지요. 말이 조력자지 실은 그냥 맞춰주는 들러리 역할에 가까웠습니다. 친구들의 눈치를 보며 항상 기분을 맞춰주려 노력했지만 마음 한켠은 항상 쓸쓸했어요.

두 명의 남자 친구를 만났지만 누구도 그녀의 마음을 채워주지 못했습니다. 안타깝게도 두 명 모두 그녀를 가스라이팅하거나 함부로 대하기 일쑤였지요. 더 힘들었던 것은 함부로 대하는 이에게도 '그러지 말라'고 이야기하기가 참 두려웠다는 거예요. 이리저리 끌려다니다 지쳐 그만두는 관계가 반복

됐습니다. 연인뿐만 아니라 친구, 직장 동기들 사이에서 그녀는 항상 '을'이었습니다.

우리는 왜 자꾸만 같은 실수를 반복할까?

유진 씨는 사람들 사이에서 언제나 같은 위치입니다. 매번 비슷한 유형의 연인, 친구를 만나게 됩니다. 그리고 끝은 항상 그녀가 지치거나 아니면 상대가 함부로 하다 떠나거나 둘 중 하나였습니다. 상대, 상황이 도돌이표처럼 삶에서 반복됐어요. 이 이해할 수 없는 굴레를, 지그문트 프로이트의 정신분석에서는 반복 강박, 스키마 치료 이론에서는 스키마 영속화라고 부릅니다.

자기 파괴적인 패턴이 자신도 모르게 삶에서 반복되는 가장 큰 이유는 익숙함 때문입니다. 인간에게 낯섦은 본능적 두려움을 자아내요. 그래서 자신을 해할지도 모르는 대상, 상황이라도 익숙함을 느낀다면 거기에 머무르려 합니다. 그 결과, 고통스러운 익숙함을 선택하게 되고 익숙함과 고통이 공존하는 역설적 상황이 벌어지게 됩니다. 그 선택이 자신을 점점 깊은 늪에 빠뜨림을 알면서도 벗어나기 힘들어집니다.

나, 세상, 타인을 바라보는 또 다른 눈

:

앞에서 소개했던 인지모델을 기억하나요? 우리가 주변에 일어나는 일을 어떻게 받아들이는가에 따라 반응하는 방식이 달라져요. 순간의 상황을 받아들이는 저마다의 방식을 자동적 사고라 부르는데, 이는 생각의 습관이라 볼 수 있습니다. 그렇다면 이런 의문이 들어요. 같은 상황에서 저마다 다른 자동적 사고를 떠올리는 이유는 무엇일까요? 왜 나는 유독 나에게 안 좋은 쪽으로 받아들이고 상황을 선택하는 것일까요?

답은 그 생각을 떠올리는 '사람'이 다르기 때문입니다. 정확히 말하면 그 사람이 살아온 삶의 서사와 맥락이 저마다 다른 관점을 갖게 만들어서 그렇습니다. 우리가 살아온 삶의 경험, 타고난 유전적 기질은 상호작용하여 나 자신, 타인, 세상, 미래를 바라보는 눈을 형성합니다. 이를 스키마라 하고요. 인간이라면 누구나 원하는 안정감, 안전함, 애착, 자율성, 자유함 등의 욕구가 좌절될 때 자신을 괴롭히는 스키마가 마음에서 형성됩니다. 우리는 삶을 있는 그대로 받아들이는 것이 아닙니다. 스키마의 창을 통해 바라보는 것이지요. 건강한 스키마도 있지만 그중에는 왜곡되고 뒤틀린 스키마들도 존재합니다. 왜곡된 스키마를 통해 바라보는 세상은 두렵고 괴롭기만 합니다.

유진 씨처럼 매 순간 타인의 눈치를 보며 긴장 속에 살아왔거나, 타인에게 맞춰야 자신의 삶이 온전히 유지된다는 압박감에 시달린 경험이 있다면 스키마는 '타인에게 맞추는 것이 당연해'라는 식의 메시지를 담을 것입니다. 그 스키마를 통해 바라본 타인은 두렵고, 자신은 한없이 나약합니다. 한 번 만들어진 부정적 스키마는 고장 난 기계장치와 같습니다. 시도때도 없이 비이성적이고 건강하지 못한 생각과 감정을 반복해서 쏟아냅니다.

그녀의 전 남자 친구가 자신을 함부로 대했을 때 혹은 친구가 자신의 의견을 무시했을 때도, 마음속 스키마는 활발하게 작동합니다. 자신은 부족한 사람이며 원래 그렇게 살아야 한다고 말하기 시작합니다. 타인에게 맞추지 않으면 혹은 먼저 을처럼 행동하지 않으면 삶이 무너질 거라는 과도한 두려움을 만들기도 해요. 상대 앞에서 눈치를 보고 쩔쩔 매는 행동을 유발합니다. 유진 씨에게 작동하는 이 스키마를 결함·수치심 스키마라 부릅니다.

스키마는 세상을 걸러내는 필터와 비슷합니다. 스키마와 비슷한 결의 이야기들은 쉽게 통과시켜 담아두지만 그렇지 않은 정보는 밖으로 튕겨버려요. 결함·수치심 스키마는 자신이 부족한 순간, 좌절하는 때의 경험은 필터링 없이 잘 받아들입니다. 하지만 자신이 소중하다는 이야기, 타인에게 쩔쩔맬 필요 없다는 건강한 생각, 칭찬과 인정받은 때의 경험은 무시하게 만들어요. 결국, 시간이 지나면서 자존감은 더 무너지기 시작합니다. 또 왜곡된 필터는 시간이 지나면서 점점 더 단단해져요. 자신도 모르는 사이에 스키마가 삶 전체를 집어삼키는 것이지요.

나를 이해할 수 있다면 안아줄 수 있어요
⋮

우리 마음을 어떤 이론에 맞추어 설명하려는 이유는 자신의 마음을 좀 더 명료하게 객관적으로 그려볼 수 있기 때문이에요. 자신이 세상을 있는 그대로 보지 못한다는 사실, 경험해온 대로만 삶을 해석하고 있다는 사실을 알아차릴 수 있다면 선택에 여유 공간이 생깁니다. 자신이 색안경을 끼고 있다는 사실을 망각하고 살아가는 사람이 참 많거든요. "세상은 원래 검은 거야"라는 말을 하면서요.

삶을 어떤 식으로 받아들이는지, 그 관점이 어떤 맥락에서 생겨난 것인지, 무슨 상황과 사건이 그 스키마를 작동시키며 그로 인해 어떤 생각, 느낌, 행동 패턴을 반복하게 되는지를 헤아림으로써 자신을 조금 더 이해할 수 있습니다. 과거의 내 삶은 세상을 대하는 태도를 형성하고 또 그 태도에 따라 움직이니까요.

"나는 왜 같은 실수를 반복하며 사는 걸까?" 하는 의문에서부터 시작할 수 있어요. 나에 대한 호기심을 가져봅시다. 프로이트가 말한 무의식도 사실은 그러한 호기심에서 등장한 개념일 것입니다. 삶이 항상 희뿌연 안개에 갇힌 것 같다면 자신에 대한 이해는 삶에 명료한 빛을 비추어 우리를 이끌어줍니다. 어떤 이론이든 삶에 100퍼센트 명쾌한 주석을 달아주지는 못합니다. 하지만 마음이 작동하는 과정을 이해할 수 있다면, 삶의 어떤 경험이 현재의 이런 기분을 만들어내는지 헤아릴 수 있다면 자신에 대한 연민과 안쓰러움이 생겨납니다.

타인의 이해보다 더욱 중요한 것은 자신에 대한 이해와 받아들임입니다. 좀 더 정확하게 말하자면 그런 자신을 안타깝게 여기는 마음입니다. 답답해하거나 싫어하는 마음이 아니에요. 자신에게 냉담하고 비관적인가요? 내가 너무 싫고, 못나 보이고, 미운가요? 우리 마음에서 작동하는 그 무엇을 이해할 때 '참 안타깝고 가엽구나' 하는 시선으로 바라볼 수 있습니다. 내가 나를 이해할 수 있다면 비로소 자기 자신을 꼭 안아줄 수 있어요.

감정, 쌓아두지만 말고
꺼내어 표현하는 연습

심리 상담을 받으면 마음이 좀 편해질까요?
:

"나 상담 좀 받아야 할 것 같아."

"너 어디 가서 심리 상담 좀 받아봐."

세상은 복잡해지고 팍팍하기만 합니다. 기분 전환 겸 들어
간 포털 사이트의 뉴스란에는 마음을 무겁게 하는 전망과 사
건 사고들만 가득해요. 힘겹게 눈을 떠 회사 가는 발걸음은 천
근만근이고, 일할 때는 긴장과 스트레스의 연속입니다. 겨우
야근까지 마치고 파김치처럼 흐물흐물해진 상태로 침대에

누우니 서럽고 외로워 눈물까지 납니다. 세상은 나를 괴롭히는 것들로 가득하고 누구도 내 마음을 이해해주지 못하는 것 같아요. 스트레스 요인이 지천에 널려 있습니다. 기분에서 마음으로, 마음에서 삶으로 괴로움은 번져갑니다.

마음 건강에 대한 관심이 높아지고 있다는 점은 참으로 다행스러운 일입니다. 정신과를 방문하는 일이나 심리 상담을 받는 데도 문턱이 낮아지고 있음을 느낍니다. '상담을 한 번 받아보라'는 권유를 받거나 하는 일도 그리 낯설지 않은 것 같아요.

심리 상담을 받으면 자신이 좀 바뀔까요? 물론, 개개인이 안고 있는 문제의 크기나 변화에 대한 의지, 치료자와의 호흡 등 여러 요소가 관련되어 '반드시 그렇다'는 답을 내리기는 힘듭니다. 하지만 확실한 점은 내가 구하고자 하는 도움을 상담 과정마다 얻어갈 수 있다는 것입니다. '상담을 받을까' 고민하고, 결정하고, 실제로 치료를 받아가는 과정을 통해서 말이지요.

심리 상담을 받으려 고민했다는 말은 스스로 문제를 인식하기 시작했다는 말입니다. 앞서 이야기한 것처럼 자신의 마음을 알아차리는 순간 멈출 수 있고 멈추게 되면 내면에 휘둘리지 않게 되니까요.

나를 위해 마음의 상처를 꺼내어 이야기하기

참 안타깝게도 사람들은 저마다의 이유로 마음의 불편함을 꾹꾹 누르고 살아갑니다. 눌린 감정은 우울, 불안, 분노 같은 부정적인 형태로 변해 마음을 곪아가게 하고요. 마음에 오래 묵힌 불편함은 삶 전반을 뒤흔들기도 합니다. 때로 잔잔한 마음의 표면을 뚫고 나와 기분을 망쳐버리고, 예상치 못한 행동, 감정, 기억을 불러일으켜요.

여기서 심리 상담은 감정을 환기하고 배출할 수 있게 합니다. 누군가에게 자신의 마음을 털어놓고 시원해지는 것은 이야기를 하는 가장 근원적인 효과이겠지요. 그래서 과거에 심리 상담은 토킹 큐어(Talking Cure, 이야기 치료)라 불리기도 했습니다. 마음을 이야기하는 그 자체가 의미 있는 행위니까요.

마음을 타인에게 털어놓는 단순한 행위에도 뇌과학적인 원리가 숨어 있습니다. 앞서 밝혔듯 마음에 상처를 입었을 때 우리 뇌의 언어를 담당하는 브로카 영역 주변부 혈류가 감소하고 그 기능은 저하됩니다. 트라우마 이후 한동안 실어증을 앓거나 상처에 대해 말하기를 어려워하는 이유도 이런 까닭입니다. 따라서 트라우마를 극복하는 원칙 중 하나는 나의 이야기에 귀를 기울이는 상대와 마음의 상처, 감정을 나누는 것입니다. 얼어붙은 언어 중추를 자극해 조금씩 자신의 상처를 마음 안에서 끄집어내 발화할 때, 기억에 묻은 감정을 털어낼 수 있습니다. 상처 입은 기억 조각들이 하나의 이야기로 이어질 때 비로소 마음 안으로 통합될 수 있습니다. 순간순간 기억나는 공포의 순간들이 이어져 기승전결을 가진 시나리오가 된다면 갑작스러운 트라우마로 인한 혼란과 두려움은 줄어들 수 있을 테지요.

우리는 대화와 상대방의 반응을 통해 나와 내 이야기의 객관적 결을 알아차릴 수 있습니다. 나 혼자 간직할 때는 부끄럽고 수치스러운 이야기도 타인의 눈을 통해서는 그리 부끄러워할 일이 아니라는 결론을 얻을 수도 있고요. 사람들은 주관적인 시선으로만 내 마음을 바라봅니다. 하지만 객관적이고 입체적으로 마음을 헤아리는 일은 너무나 중요합니다. 타인의 시선, 의견과 접촉하는 일은 그렇기에 꼭 필요한 시도입니다.

우리에게는 저마다의 대나무 숲이 필요합니다
:

마음의 불편함이 사라진다는 것은 불편함이 흔적도 없이 사라진다는 의미가 아니에요. 실은 그 불편함에 담긴 의미가 바뀐다는 뜻이지요. 마음의 상처에 붙어 있던 한없이 부정적인 의미가 대화를 통해 타인이 부여한 의미와 뒤섞여 건강하고 새로운 의미로 바뀌어 뇌에 저장됩니다. 강렬한 공포와 두려움을 자아내는 트라우마도 그에 대해 이야기하면서 의미가 변하고, 저장되는 과정을 반복하며 점차 그 색이 옅어집니다. 그러면서 그간 붙잡고 있던 많은 것들을 흘려보내게 됩니다.

우리에게는 마음을 꺼내어 충분히 이야기 나눌 기회와 공간이 필요합니다. 숨겨왔던 마음을 꺼내어 타인과 공유하는 것은 치유와 회복의 의미가 있어요. 오래된 우화인 「임금님 귀는 당나귀 귀」에 나오는 대나무 숲을 기억하나요? 대나무 숲은 속마음을 시원하게 이야기하는 장소의 상징이며 지금은 SNS 등에서 숨겨온 이야기를 하는 익명 게시판으로 통하기도 합니다. 지금의 우리에게도 저마다의 대나무 숲이 필요한 것은 아닐까요?

심리 상담은 삶에서 안전한 대나무 숲이 될 수 있습니다. 삶의 질을 중시하는 선진국에서 다양한 영역에 걸쳐 심리 상담의 도움을 받도록 하는 이유도 이 때문입니다. 실은 꼭 심리 상담을 받지 않더라도 가족, 친구, 연인에게 솔직한 마음을 터놓고 이야기하는 기회는 꼭 필요합니다. 언택트 시대이니 온라인을 통한 고민 상담이나 익명 게시판에서라도 여러 이들의 위로를 받아보는 것도 좋습니다. 마음 안에 감정들을 쌓아놓지 않고 온건하게 표현하며 건강한 형태로 삶 안에 잘 포개어 놓을 수 있다면 우리 마음은 분명 건강해질 수 있어요.

나쁜 기분, 없애려 하지 말고
사라지게 두는 습관

우리는 지금 마음이 만든 좁디좁은 감옥에 갇혀 있습니다
:

주희 씨는 새로 등록한 플로리스트 학원에 갈 때마다 두려워집니다. 꽃을 손질하고 꽂는 과정마다 선생님과 주변 사람들의 시선이 느껴집니다. '다른 사람은 나보다 훨씬 더 잘하는 거 같은데', '선생님이 내가 하는 것을 보고 비웃으면 어떡하지' 하는 생각이 마음을 어지럽힙니다. 머릿속에서는 타인의 시선에 대한 염려, 자신의 부족함에 대한 자책이 되풀이됩니다. 결국, 주희 씨는 해야 할 것들은 하지 못한 채 허둥지둥하

다 수업 시간을 망쳐버립니다. 그리고 그 기분은 오랫동안 그녀의 마음을 떠나지 않아요. 마음 안에서는 또 '내가 왜 그랬을까', '나는 왜 잘하는 일이 없을까' 하는 비관적인 평가만 떠오르며 다른 일이 손에 잡히지 않습니다. '앞으로 어떻게 해야 하나' 싶은 생각이 꼬리에 꼬리를 물고 이어지기 시작합니다. 스스로 만들어낸 마음의 감옥에 갇힌 것이지요.

나를 흔드는 사건은 안팎으로 다양합니다. 마음에서는 끊임없이 불편함과 불쾌감, 불안과 초초함, 짜증과 같은 감정들이 만들어져 수면 위로 올라옵니다. 부정적인 감정은 금세 우리를 생각의 소용돌이로 끌어들여요. 그러면서 부정적인 감정, 생각, 기억을 반복 재생합니다. 그럴 때면 세상에서 가장 중요한 일처럼 마음 안의 생각에 에너지를 쏟게 됩니다.

뇌가 너무 열심히 일하면 마음은 더 힘들어져요
┊

인간이 가진 가장 중요한 기관, 뇌의 발달은 우리에게 축복이자 저주입니다. 뇌는 우리가 의식하지 못하는 순간에도 머릿속에서 여러 대상을 구현하고 끊임없이 비교 분석합니다.

있지도 않은 것을 상상하고, 만들어내는 능력 덕에 인류의 문명과 과학 기술은 발전해왔어요. 하지만 뇌에서 만들어낸 생생한 이미지들은 삶이 거기에 얽매이게 합니다. 마음이 만들어 낸 내용을 당장 눈앞에 일어난 일처럼 생생하게 경험하도록 하기 때문이에요.

아프리카 초원에 사는 얼룩말은 저 멀리 맹수의 그림자가 어른거릴 때 죽을힘을 다해 도망갑니다. 반대로 위험이 없을 때는 편하게 휴식을 취해요. 마주하는 상황 그 자체에 몰입합니다. 하지만 인간은 어떤가요? 편한 의자에 앉아 휴식을 취할 때도 내일의 일이나 먼 미래를 걱정하는 순간 가슴 한쪽이 답답해지고 불쾌해집니다. 이렇게 인간의 뇌는 눈앞에 위험이 없어도, 위험이나 불편함을 예상하기만 해도 실제로 그 일이 일어났다고 착각합니다. 그리고 그에 수반되는 시나리오를 계속해서 그려내고, 문제를 해결하기 위해 비교 분석하기 시작합니다. 이런 과정이 마음이라는 좁디좁은 공간에서 벗어나지 못하게 만들어요.

지금 마음은 어떤가요? 누가 건넨 말이나 눈앞에 놓인 상황이 나를 자극해 불편해지는 순간, 당신의 마음은 순식간에 감옥을 만들어내지 않나요? 우리 뇌는 너무 정직하게 일하는 탓에 기억하고 싶지 않은 과거의 상처, 좌절과 실패의 경험을 수면 위로 끌어올립니다. 기억은 마치 지금 그 상황을 경험하는 것처럼 불안, 분노, 슬픔을 느끼게 합니다. 고통스러운 기억과 감정이 뫼비우스의 띠를 이루어 끊임없이 이어집니다. 마음은 어떻게든 그 불편함을 해결하려 들지만 이차적 고통이 뒤따를 뿐입니다. 그 과정에서 마음은 한없이 좁아지고요.

문제 해결도 중요하지만 '지금' 이 순간에 머무르기
:

마음의 감옥에서 벗어나려면 눈앞의 삶과 접촉하려는 노력을 해야 합니다. 뇌는 본능적으로 주변 상황을 문제 삼고 이와 관련된 문제를 해결하려 과거의 경험을 끌어냅니다. 마음의 고통이야 어찌 됐든 위기 상황을 해결하는 일이 개체의 생존에 무엇보다 중요하기 때문이에요.

우리 뇌는 항상 '문제 해결 모드(Doing Mode)'에 머무르려 합니다. 현대인의 삶 또한 거기에 맞춰져 있습니다. '문제가 있으면 해결하는 것이 당연하다.' 언뜻 너무 당연하고 절대적인 명제로 보이죠. 마음의 문제 역시 어려운 수학 문제를 풀 듯 해결되리라 생각합니다. 하지만 그럴수록 마음의 본질과는 멀어질 뿐이에요. 앞에서도 이야기했듯 마음의 문제는 붙잡으려 들면 들수록 그 덩어리가 커집니다. 하지만 뇌와 마음은 항상 본능적으로 무엇인가를 해결하려 줄달음질 칩니다.

그럴수록 마음의 소란에서 벗어나 삶과 접촉하려는 시도가 필요합니다. 마음의 고통과 문제를 수학 문제 풀 듯 해결하려고만 들지 말고요. 현재 안고 있는 고민은 일단 던져두고 지켜봅시다. 과연 정말 내가 염려하는 일이 벌어지는지 살펴봅시다. 대개 마음의 문제는 관찰하고, 두는 것으로 충분할 때가 많아요. 소중한 에너지를 문제 해결에 쏟지 말고 지금 온전히 이 순간을, 하루를 살아내는 데 쓰는 거예요. 마음의 촉수를 뻗어 순간을 온전히 감각할 수 있다면 악순환의 고리를 벗어나게 됩니다. 나로 존재하는 그 자체에 만족감을 느낀다면 바닥에 눌어붙은 자존감도 조금씩 고개를 들게 됩니다. 문제 해결을 위해서가 아닌 '존재하기 모드(Being Mode)'를 키워봅시다.

삶의 목표, 문제 해결도 물론 중요합니다. 하지만 내가 경험하는 하루가 그로 인해 고통스럽게 희생돼야 한다면 또다시 마음이 만든 감옥에 갇히게 되는 셈이지요. 자신이 너무 싫어서, 너무 못난 사람 같아 괴롭다면 일주일 후, 한 달 후를 생각하지 말고 그저 오늘 하루를 온전히, 즐겁게, 생생하게 경험하는 것을 가장 중요한 목표로 삼아봅시다. 당장 오늘 즐거울 수 있는 행동과 활동을 선택하는 것이지요. 다이어트를 핑계로 늘 지나치기만 하던 빵집에 들러 스콘을 먹어본다든지, 꽃집에 들러 제철에 예쁘게 피어나는 꽃의 향기를 맡아보세요. 지금 책을 읽고 있는 이 순간의 고요함과 평온함이 얼마나 좋은지 느껴보세요. 능동적으로 나를 위해 선택한 행동이 얼마만큼 나를 그 순간에 존재하게 하는지 경험해보세요. 어떤 느낌이 드나요?

지금 이 순간, 나의 존재를 느끼기 위해 신체 감각에 집중하는 연습도 도움이 됩니다. 편안한 곳에 앉아 몸 여기저기의 느낌을 가만히 지켜보는 것이지요. 발바닥이 마룻바닥에 닿는 느낌, 등을 의자 등받이에 기댄 느낌, 가슴이 콩닥콩닥 조용히 뛰고, 숨을 쉴 때 들숨과 날숨이 솜털을 스치고 지나가는 미묘한 간지러움을 몇 초씩, 초점을 옮겨가며 집중해봅니다. 좋다, 나쁘다 판단하지 않고 주의가 흐트러지면 다시 부드럽게 몸의 감각으로 주의를 옮기면서요. 짧은 명상 연습도 좋아요. 마음챙김 명상에서 소개하는 바디스캔 명상(Body Scan Meditation)을 참고해도 큰 도움이 될 듯합니다.

때로는 정반대로 살아보는
작은 용기

익숙한 것이 꼭 안전한 것일까요?

⋮

지금 눈앞에 두 갈래 길이 보입니다. 한쪽 길은 매일 가던 익숙한 길입니다. 이미 여러 번 다녀본 만큼 눈을 감고도 상상할 수 있을 정도예요. 하지만 그 길이 항상 편하지는 않았습니다. 군데군데 발이 빠지는 흙탕물이 있고 날카로운 가시덤불이 있어 걸으면서 긴장해야 하는 길입니다. 또 하나의 길은 가보지 않은 길입니다. 매번 그 언저리에서 고민하다 항상 익숙한 길을 선택했기에 아직 그 길이 어떤지는 모릅니다. 얼핏

봐서는 부드러운 흙이 깔려 있고 너른 잔디가 이어지는 아름다운 길이지만 전혀 익숙하지 않아요. 익숙한 길과 처음 가는 길. 당신은 어떤 길을 선택하려 하나요?

삶에서 이런 경우를 참 많이 마주칩니다. 생각해보면 삶 전체가 선택의 연속입니다. 장 폴 사르트르는 "삶은 B(birth)와 D(death)사이의 C(choice)다"라는 말도 했죠. 우리는 매 순간 선택지를 만나고 선택합니다. 여기서 갈림길은 익숙하거나 혹은 낯설어요. 인간의 뇌는 대개 고민 없이 자동적으로 익숙한 길을 선택합니다. 익숙함은 편하고 안도감을 줍니다. 반대로 익숙하지 않은 길은 낯설고 불편하기 마련입니다. 뇌는 개체의 안전을 위해 항상 익숙한 곳을 선택합니다. 아니, 실은 안전할 것이라 착각한다는 표현이 더 맞을 것 같네요. 사실, 익숙함과 안전함은 동일어가 아닙니다. 익숙한 선택이 연결되어 패턴을 이루지만 그것이 모두 건강하지는 않아요.

원하지 않는 자신의 모습을 매일 선택하고 있나요?
：
자신의 모든 면이 부족하고 가치 없다 여기는 이가 삶에서 내리는 선택을 생각해봅시다. 그는 항상 하던 대로 어떤 상황에서든 뒤로 물러서는 선택을 합니다. 사람들과 어울리는 자리에서는 짐짓 눈을 내리깔거나 어떻게든 누군가와 마주치지 않으려 괜히 화장실에 가는 횟수가 늘어납니다. 새로운 도전을 해야 하는 시기에도 '난 안 될 거야' 하는 생각에 기회를 허무하게 날려버립니다. 친구 사이에서도 자신의 마음을 드러내기보다 눈치를 살피고 또 거기에 맞춰주려는 선택을 합니다. 이런 선택들이 습관이 되어 자연스럽게 일어납니다. 그 선택의 방향은 삶에 스며들고 인식하지도 못하는 사이에 뇌 세포들은 이미 연결되어 그 패턴을 뇌에 새깁니다.

습관적 선택은 익숙하지만 실은 아주 불편한 길을 향합니다. 보통은 익숙하다 여기는 선택을 하며 잠시 안도하지만 이내 불편해져요. 찰나의 안도감이 그 후에 길게 이어지는 고통을 못 보게 눈을 가리기 때문입니다. 인간은 선택 후 바로 찾아오는 짧은 결과에만 쉽게 이끌립니다. 사람들을 피하고 여러 상황에서 뒤로 물러나면 불편함을 마주할 일이 없기에 일단은 편합니다.

하지만 결국 그 선택이 나를 어디로 끌고 가나요? 습관처럼 하던 선택들은 결코 당신을 높은 곳으로, 원하는 곳으로 데려가지 않아요. 당신은 원하지 않는 자신을 매일 선택하고 있을 뿐입니다.

때로는 정반대로 살아보는 용기

⋮

우리는 매 순간 갈림길 앞에 서 있습니다. 뇌에서는 항상 가던 길을 가라고 신호를 보냅니다. 그게 가장 안전하고 또 익숙하니까요. 하지만 잠시 시간을 내어 고민할 틈을 만들어야 합니다. 습관적으로 가던 곳 앞에서 잠시 멈추어 마음을 들여다보며 이전과는 다른 길을 선택해봅시다. 항상 낮은 곳에서 헤매던 삶의 결을 바꾸려면 반대로 살아보는 작은 용기를 내야 합니다.

어쩌면 새로운 선택은 불편할지도 몰라요. 아니, 필연적으로 편하지 않을 것입니다. 하지만 그 불편하고도 새로운 경험이 삶의 저변을 넓히고 이전과는 다른 곳을 보게 합니다. 우리가 해나가는 새로운 선택과 그로 인한 경험은 뇌에 새로운 자극을 주고, 길을 만들어 우리를 앞으로 끌고 갑니다. 우리에게는 해보지 않았던 경험 그 자체가 필요합니다.

뇌는 새로운 경험을 통해 '억제성 학습'을 합니다. 전과 다른 경험은 과거의 경험, 기억과 연결되어 다른 의미를 만들어 낸다는 의미입니다. 내가 늘 하던 생각과 행동의 패턴이 달라지려면 다양한 상황과 때에 의도적으로 다른 선택을 해보아야 합니다. 넓은 범위의 새로운 경험이 변화의 가능성을 높여주니까요.

새로운 선택을 너무 어렵게만 보지 않았으면 좋겠어요. 굉장히 일상적인 일들에서 경험을 시작하는 편이 더 효과적일지도 모릅니다. 이를 테면 일부러 항상 가던 지하철 출구가 아닌 다른 쪽으로 빠져나와 보는 것이죠. 일상에서 생소함과 새로움을 기꺼이 겪어내는 모험을 선택하는 거예요.

매번 같은 곳에서 커피를 마셨다면 일부러 좀 더 걸어가 새로운 카페에 들러보세요. 항상 테이크 아웃을 하고 바삐 나갔다면 이번에는 카페 안을 둘러보며 호젓하게 커피를 마셔보는 시간도 가져보고요. 사람들 사이에서 눈을 마주치지 않고 물러나기 일쑤였다면 가끔 눈을 마주치며 그냥 그 자리에 머물러보는 것입니다. 할까 말까 망설이다가 삼켜버린 말을 이

번에는 좀 더 명료하고 간결하게 이야기해보는 것도 좋습니다. 불편하지만, 익숙하지 않지만 그 경험은 나에게 다른 이야기를 들려주기 시작할 것입니다. 나의 모습은 지금부터 내리는 선택을 따라 변화합니다.

익숙한 선택은 삶의 범위를 좁힙니다. 한 가지의 선택만 존재하는 삶에 생동감은 없어요. 항상 하던 선택을 하는 이유 중 또 하나는 염려 때문이에요. '다른 곳을 갔을 때 후회하면 어쩌나', '저 길이 사실 가시밭길이면 어떡하나' 하는 생각들이 그렇죠. 새롭고 생소한 길을 선택하려 할 때 마음은 끊임없이 경고합니다. 새로운 시도는 실패할 거라고, 좌절감만 맛볼 거라고요.

하지만 마음이 재잘대는 소리에 이끌리지 말고 삶과 접촉해야 합니다. 마음에서 빠져나와 삶으로 들어가야 해요. 새로운 시도는 불편하든 불편하지 않든 우리를 성장시킵니다. 정반대로 살아보려는 용기를 낼 수 있다면 당신의 마음과 삶은 거기에서 새롭게 피어나기 시작합니다.

"삶은 고해(苦海)다."

석가모니는 삶을 고통으로 가득 찬 바다에 비유했습니다. 삶을 가만히 들여다보면 그 안에 존재하는 우리 역시 매 순간 고통 속에 잠겨 헤엄치는 나약한 존재에 불과합니다. 아주 가끔, 머물 수 있는 작은 섬을 발견하지만 그 안도감은 오래가지 않아요. 고통의 파도는 금세 다시 우리를 삼켜버리고, 나약한 존재인 우리는 거기에 휩쓸려 다시 허우적대기 시작합니다. 아니기를 바라지만, 살다 보면 매 순간 두려움, 힘듦, 불안과 염려를 마주합니다. 인간의 힘으로는 도저히 통제할 수 없는 것들입니다. 실은 삶의 기본 값은 평온함이 아니라 고통인 셈입니다. 그러니 '삶을 어떻게 맞이해야 할 것인지'에 초점을 맞추어야 하지만, 늘상 지난한 시행착오를 거친 후에야 겨우 이 의미를 받아들이게 됩니다.

몇 년 전, 교통사고를 당했던 때가 떠오릅니다. 신호에 맞춰 대기를 하던 중 빗길에 미끄러진 트럭이 제 뒤의 승용차와 충돌했고, 그 차는 제가 탄 차와 부딪혔습니다. 다행히 크게 다친 이는 없었지만 처음 사고를 당한 저는 패닉 상태를 경험했습니다. 가슴이 두근거리며 도저히 진정이 되지 않았어요. 보험 회사에 연락을 하고 경찰서에서 조사를 받는 동안 마음속으로 온갖 생각이 다 들었습니다. '왜 하필 나에게 이런 사고가 일어난 것일까?' 하는 답이 없는 생각들을 하였습니다. 산 지 얼마 되지 않은 차의 찌그러진 범퍼를 보면서 마음은 더욱 복잡해졌어요. 화가 나고 불쾌하고 원망스러운 마음이 드는 통에 괜한 짜증을 가족들에게 내기도 했고요. 그 후로도 사고의 여운은 꽤 오래갔던 것 같아요

삶의 고통은 교통사고와 비슷한 듯합니다. 내가 아무리 안전하게 조심 또 조심하며 운전을 해도 주변의 모든 것을 통제할 수는 없어요. 그저 가던 길을 가고 있을 뿐이었는데 갑작스레 나를 덮치는 돌발 상황을 우리가 어떻게 예측을 할까요. 삶

에서 마주하는 모든 순간과 상황은 어찌 보면 모두 사고의 영역에 속할지도 모릅니다. 그렇다면 우리는 그 상황을 어떻게 대해야 할까요.

교통사고를 한 예로 들어볼까요? 우선 사고를 당하면 일단 차를 갓길에 주차하고, 경찰과 보험회사를 불러 할 수 있는 수습을 해나가야 합니다. 며칠은 차를 맡기고 조사를 받고, 블랙박스의 영상을 점검하는 등 불편한 나날이 이어집니다. 불편하지만 어쩔 수 없으니 받아들이고, 해야 할 일을 하는 수밖에 없습니다. 그러다 보면 얼마 지나지 않아 분명 그 사고의 기억은 나에게서 떠나가기 마련입니다. 더는 그 사고에 대해 에너지를 쓰지 않게 됩니다. 이미 일은 일어났고 할 수 있는 수습을 다 했다면 불쾌감과 염려, 걱정에 오래 머무를 필요가 없으니까요. 너무나 당연한 일입니다.

하지만 삶에서 마주치는 '사고'를 쉽게 놓아주기란 어렵습니다. 이게 마음이 하는 일이에요. 친구가 던진 불쾌한 말이 마음에 불을 붙이면 '자기가 뭐라고?', '나를 어떻게 보는 거야?', '내가 좋다고 했던 말은 다 거짓이었나?' 하는 식으로 생각이 꼬리를 물기 시작합니다. 화가 났다가, 불안했다가 우울해지는 감정의 순환도 일어납니다. 전전긍긍하고 밤을 새워

가며 그 일들을 떠올립니다. 별것 아닌 일들이 감정의 바탕이되고 생활이 되며 태도가 됩니다. 마음의 사고가 수습되기는커녕 삶을 집어삼켜요. 고통은 항상 우리를 찾아오지만 어떻게 맞이하는지에 따라 결과는 분명 달라지는 듯합니다.

저는 직업 특성상 다양한 사연을 가진 이들과 자주 만납니다. 부모, 연인 혹은 반려견을 잃고 상실감에 빠져 허우적대는이들, 도저히 결이 맞지 않는 직장과 동료들로 스트레스를 받는 이들, 근거 없는 염려와 걱정에 빠져 삶을 허비하거나 갑작스레 건강을 잃고 절망감에 빠진 이들도 진료실을 찾아옵니다. 이야기를 듣다 보면 저 또한 마음이 시리고 안타까움이 들며 울컥하게 되는 사연들도 있습니다.

사실, 정신과 의사라고 해서 모든 기억과 감정을 송두리째없애지는 못합니다. 그저 들어주고 맞장구쳐주면서 그들이지닌 감정의 압력을 낮추어주는 수밖에요. 그러면서 고통스러운 시간은 결국 흘러감을 말해주고 같이 기다려줍니다. 고통을 놓아주지 못하는 이들의 어깨를 두드리며 언젠가 많은것들이 나를 지나쳐 흘러갈 것임을 이야기해줍니다. 현재의삶과 그 에너지에는 한계가 있음을 알려줍니다. 그러니 고통스러운 기억과 감정을 애써 붙잡지 말아야 한다고요.

"선생님, 도대체 이 감정은 언제 끝나는 건가요? 저는 언제쯤 다시 행복해질 수 있을까요?"

저에게 찾아오는 수많은 이들이 매번 하는 질문이자 이 책을 쓸 때 항상 마음에 담아둔 문장입니다. 끝나지 않는 고통, 나를 흔드는 마음을 어떻게 마주하고, 받아들일 것인지에 조금은 다른 시각이 사람들에게 전해진다면 충분히 보람이 있을 거라 생각하면서요. 부디 흔들리는 당신의 마음과 삶에 찾아온 사고 같은 고통에 조금이나마 도움이 될 수 있기를. 그리고 이로 인해 당신의 마음이 한 뼘 더 자랄 수 있기를 바랍니다.

또다시 한 권의 책을 완성하는 데 마음을 가다듬을 찰나의 여유, 위안, 삶의 통찰을 주는 사랑하는 아내와 두 딸, 가족들에게 깊은 감사와 미안한 마음을 느낍니다. 예상보다 길어진 작업에도 한결같이 정돈된 길을 제시해주신 출판사 관계자분들께도 감사드립니다. 마지막으로 부족한 저에게 찾아와 인연을 맺고 삶의 지혜와 경험을 쌓게 도와주신 당신에게도 무한한 감사와 사랑을 전합니다.

2022년 봄을 기다리며, 신재현

:: 참고 문헌 ::

- 마셜 B. 로젠버그 저, 캐서린 한 역, 『비폭력대화』, 한국 NVC 센터

- Chun Siong Soon; Marcel Brass; Hans-Jochen Heinze; John-Dylan Haynes (Apr 2008). "Unconscious determinants of free decisions in the human brain". Nature Neuroscience.

- 니코스 카잔차키스 저, 이윤기 역, 『그리스인 조르바』, 열린책들

- 차드 멩 탄 저, 유정은 역, 『기쁨에 접속하라』, 알키

- 스티븐 헤이즈·스테판 호프만 저, 곽욱환·이강욱·조철래 역, 『과정기반인지행동치료』, 삶과지식

- The closeness-communication bias: Increased egocentrism among friends versus strangers, Kenneth Savitsky et al, Volume 47, Issue 1, January 2011, Pages 269-273, Journal of Experimental Social Psychology

그러든지 말든지 휘둘리지 않는 단단한 심리학

초판 1쇄 발행 2022년 2월 11일 **초판 5쇄 발행** 2024년 6월 12일

지은이 신재현
펴낸이 최순영

출판1 본부장 한수미
라이프 팀
기획 편집 이선희
디자인 조은덕

펴낸곳 ㈜위즈덤하우스 **출판등록** 2000년 5월 23일 제13-1071호
주소 서울특별시 마포구 양화로 19 합정오피스빌딩 17층
전화 02) 2179-5600 **홈페이지** www.wisdomhouse.co.kr

ISBN 979-11-6812-211-6 03810